A E
& I

Misterio en el Barrio Gótico

Autores Españoles e Iberoamericanos

Editorial Planeta convoca
el Premio de Novela Fernando Lara,
fiel a su objetivo de estimular la creación literaria
y contribuir a su difusión.

Esta novela obtuvo el XXX Premio de Novela
Fernando Lara, concedido por el siguiente jurado:
Pere Gimferrer, Nativel Preciado,
Clara Sánchez, Ana María Ruiz-Tagle,
y Emili Rosales,
que actuó a la vez como secretario con voto.

El Premio de Novela Fernando Lara
cuenta con el patrocinio de
la Fundación Axa.

Sergio Vila-Sanjuán

Misterio en el Barrio Gótico

Premio de Novela Fernando Lara
2025

Planeta

Diagonal, 662-664, 08034 Barcelona (España)
www.editorialplaneta.es
www.planetadelibros.com

Diseño de la colección: Compañía
Ilustración del interior: © Àlvar Salom

Primera edición: junio de 2025
Depósito legal: B. 9.767-2025
ISBN: 978-84-08-30591-0
Composición: Realización Planeta
Impresión y encuadernación: Egedsa
Printed in Spain - Impreso en España

PEFC Certificado
Este libro procede de bosques gestionados de forma sostenible
PEFC
PEFC/14-38-00305
www.pefc.es

Recorrer el Barrio Gótico de Barcelona equivale a sumergirse en épocas pasadas y esperar en las encrucijadas de las estrechas calles la aparición de esos personajes antiguos cuyos nombres aprendimos en las lecturas.

Agustín Durán Sanpere, historiador, 1952

No llega a la ciudad personalidad alguna de relieve sin que se le dé una vuelta por las calles del célebre barrio. El tremendo impacto emocional que causa es debido al número de cosas interesantes que se juntan en tan poco espacio. Esta cantidad de monumentos, casi todos de primer orden, en un espacio tan restringido, da como resultado un ambiente de una densidad histórica y emocional tremenda, que sobrecoge al visitante sensible.

Adolfo Florensa, arquitecto conservador
de la Ciudad Antigua, 1958

Sur le point de m'en aller, je veux lui poser une question qui résume toutes les autres, une question qu'il n'y a que moi pour poser, sans doute, mais qui, au moins une fois, a trouvé une réponse à sa hauteur: « Qui êtes-vous? ». Et elle, sans hésiter: « Je suis l'âme errante ».

André Breton, *Nadja*, 1928

DRAMATIS PERSONAE

El protagonista y conductor de esta novela es Víctor Balmoral, experimentado periodista e investigador biográfico. Le acompaña algunas veces su fantasmal y buen amigo Tomàs Riquelme, fallecido tiempo atrás.

Otros personajes que aparecen son:

La presidenta de la Real Academia de Buenas Letras de Barcelona, Mariflor Juvellanchs.

Arcadi Flo, secretario permanente de la misma institución.

Mosén Bentanachs, canónigo de la catedral, delegado de Cultura y Patrimonio del arzobispado.

Lorenzo Luján, director del Museo Frederic Marès.

La empresaria Benita Bach, que busca a su madre, Regina, desaparecida hace muchos años.

Las singulares gemelas Eva y Eugenia, religiosa y guía turística, respectivamente.

El promotor inmobiliario y galerista Severo Vitale.

Asoman viejos conocidos de la época universitaria de Víctor, como Arturo Bergadá y Eduard Folquera, así como Irene Sallerich, de la familia propietaria de un palacio próximo a la Academia; profesionales como el galerista Omar Blancafort; el vocal del Círculo del Liceo Luis

Hernán, y la directora del Instituto de Estudios Éticos Luisa Francàs.

Mención especial merece la alcaldesa de Barcelona, Berta Vives, quien muestra su interés particular por algunas confusas cuestiones que se están desarrollando en el Barrio Gótico.

En esta novela, como no podía ser menos, el pasado tiene un fuerte peso sobre el presente, y tratándose de un conjunto más o menos gótico resultaba obligatoria la alusión a varios reyes: Jaime I el Conquistador, orgullo de la Corona de Aragón, y su descendiente Martín el Humano, ambos de la casa de Barcelona; Juan II y su hijo, Fernando el Católico, éste víctima de un sangriento atentado, ambos de la dinastía Trastámara; y el nieto de Fernando, Carlos I de España y V de Alemania, gran emperador de la casa de Habsburgo, que vivió casi dos años en la capital catalana.

También aparecen en distintas situaciones la virreina de Nápoles, Isabel de Requesens, célebre por su belleza y elegancia; el incansable coleccionista Frederic Marès; el obispo Manuel Irurita, de incierto final; el poeta Juan Eduardo Cirlot, y hasta el legendario librero asesino de la ciudad.

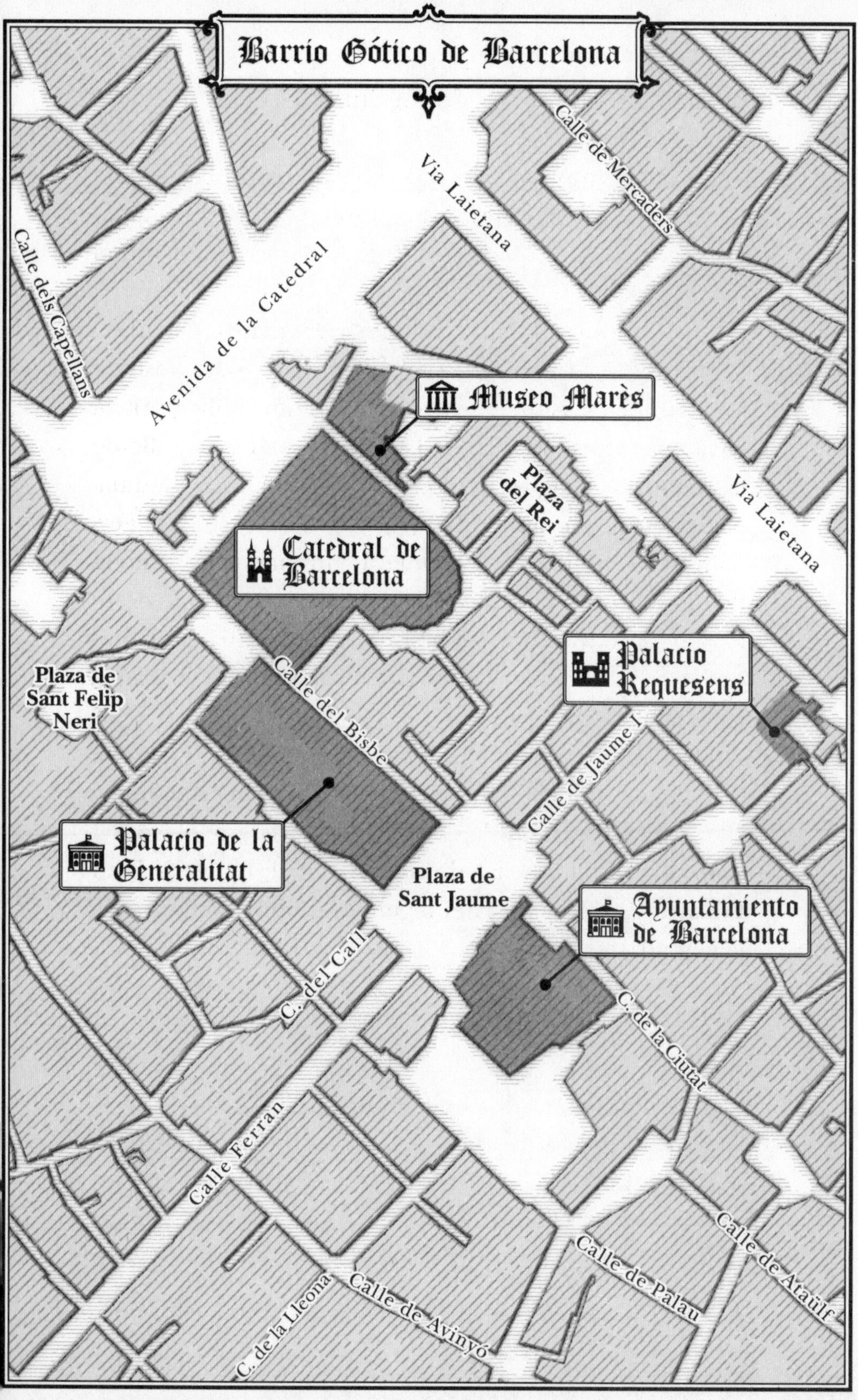

Barrio Gótico de Barcelona
Calle de Mercaders
Via Laietana
Calle dels Capellans
Avenida de la Catedral
Museo Marès
Plaza del Rei
Via Laietana
Catedral de Barcelona
Palacio Requesens
Plaza de Sant Felip Neri
Calle del Bisbe
Calle de Jaume I
Palacio de la Generalitat
Plaza de Sant Jaume
Ayuntamiento de Barcelona
C. del Call
C. de la Ciutat
Calle Ferran
Calle de Ataülf
Calle de Palau
C. de la Lleona
Calle de Avinyó

CAPÍTULO PRIMERO

La madrugada del día en que se descubrió el primer cadáver, Tomàs Riquelme volvió a aparecérsele. Víctor Balmoral llevaba tiempo con su próstata muy disciplinada, gracias a la medicación: ahora tan sólo le obligaba a ir al mingitorio cada noche a las dos y a las cinco, siempre de forma puntual. En su segunda visita, al salir del lavabo, encontró a Tomàs cómodamente instalado en el salón, ojeando el dossier de un trabajo que Víctor había culminado días antes.

—Interesante, ¿verdad? Esta mujer, Finita Llorens de Carvajal: qué vida tan fascinante —comentó con despreocupación su viejo amigo—. A través de sus andanzas personales y profesionales se dibuja toda una época de la ciudad, con ese esfuerzo por abrirse camino y crear una empresa basada en el encanto social.

Tomàs había muerto hacía ya quince años, y Víctor le echaba mucho de menos. Pintor y poeta nacido en Lima de exiliados españoles, llegó a Barcelona aún niño de la mano de su madre, Joana, tras la prematura muerte del padre. Era extrovertido, deslenguado, provocador, impúdico. Había sido como un hermano para él desde la época universitaria, cuando se conocieron estudiando la carrera de Historia en la Autónoma, y su *sparring* dialéctico en tiempos posteriores, sobre todo en los debates ideológicos: se veían con regularidad y discutían mucho. Tenía una salud delicada a la que no ayudó su afición a la mala vida: una pancreatitis aguda se lo llevó antes de cumplir los cincuenta años. Víctor lo recordaba a menudo con tal intensidad que, últimamente, Tomàs se le aparecía de tanto en tanto. ¿Era un fantasma, una proyección, una ilusión? Balmoral no lo sabía y no tenía muy claro si asustarse o alegrarse. Por su natural pragmático, por lo mucho que añoraba las conversaciones que mantenían y por lo imprevisibles que resultaban aquellas visitas, había decidido apreciarlas y aprovecharlas.

—Ese texto que tienes entre manos es resultado de muchas horas de conversación e indagaciones, no lo estropees —indicó Víctor.

Periodista cultural de prestigio en el diario *La Voz de Barcelona*, y con un horario muy flexible, Balmoral había inaugurado años atrás una segunda línea de trabajo con la que complementar sus ajustados ingresos. La Unidad de Investigaciones Biográficas que había creado —pomposo título para una iniciativa unipersonal— elaboraba perfiles en profundidad a quienes los solicitaran, tanto para sí mismos como respecto a otras personas.

Víctor era un biógrafo tenaz y decidido, y sus trabajos abarcaban necesidades muy distintas. El caso de Finita Llorens de Carvajal constituía la modalidad más simple: una gran dama barcelonesa ya nonagenaria, que había sido amiga de su fallecida madre y compartía con ella una separación matrimonial temprana y una dura ascensión laboral en el masculinizado mundo del final del franquismo, le había pedido que la ayudara a escribir sus memorias. Se reunieron una docena de veces y mantuvieron extensas conversaciones; Víctor había telefoneado a algunos conocidos que le ampliaron ciertas informaciones sobre su clienta, y finalmente no había tenido problemas para trazar la trayectoria de la fundadora de la agencia de azafatas (y azafatos) Miranda, proveedora de jóvenes y bien vestidos asistentes a los principales congresos y celebraciones de la ciudad, de seriedad garantizada.

Para afianzarse profesionalmente, Finita cultivó en su día la amistad con los grandes prohombres y mandamases de Cataluña; en algún caso hasta un nivel bastante íntimo. Para su sorpresa, la biografiada insistió en que aquellas memorias recogieran también sus avatares sentimentales. Víctor le recomendó cautela: aunque iban a tener una circulación restringida, no resultaba descartable que acabaran cayendo en manos de algún amor superviviente —ya nonagenario como ella— o de cualquiera de sus familiares. Al final optaron por mantener las situaciones y escudar en el texto a los personajes tras unas iniciales poco comprometedoras.

—Sin embargo —siguió Tomàs—, en este caso hay poca tensión, y apenas afloran contradicciones. Me gustó mucho más *El informe Casabona.*

El amigo fantasma se refería a otra investigación más compleja que Víctor había abordado con anterioridad, más próxima a lo que hoy se conoce en términos empresariales como *due dilligence* que a las reminiscencias biográficas de ciudadanos sólo relativamente ilustres como Finita. El periodista había realizado un trabajo minucioso sobre el magnate Alejandro Casabona cuando, tras su muerte, el Instituto de Estudios Éticos de Barcelona se encontró con un legado suyo de varios millones de euros destinados a amparar iniciativas que tuvieran como objetivo la mejora deontológica del mundo de los negocios, en recuerdo de una tía fallecida que le orientó en sus inicios en la vida y a la que el magnate tenía gran cariño. La duda de la directora de la institución, Luisa Francàs, radicaba en si el legatario llevó una vida lo bastante recta como para poder aceptar su dinero sin que ello fuera a generarle problemas de imagen en el futuro. A través de una sucesión de testimonios cercanos, Balmoral pudo adentrarse en una trayectoria rica en episodios intensos y situaciones de moralidad cuestionable, y aportó a Francàs los datos necesarios para adoptar la decisión final.

—Sí, *El informe Casabona* me dio muchas satisfacciones... y algunos quebraderos de cabeza. Pero ¿qué te trae por aquí esta noche? —preguntó Víctor.

—Llevas varias semanas agitado. Intuyo que algo raro se aproxima. Pero creo que será bueno que salgas de la zona de confort en la que te estás manteniendo en los últimos meses y afrontes algún reto estimulante. Por cierto, péinate, parece que lleves un estropajo en la cabeza.

Víctor, en efecto, atravesaba una etapa plácida de su vida. Aunque ya cerca de la edad de la jubilación, su trabajo en *La Voz de Barcelona* gozaba del reconocimiento del director del diario, cosa que le permitía mantenerse más o menos a salvo de las sucesivas revoluciones, ya fuesen digitales o de otro tipo, que se iban poniendo en marcha en la redacción. El precio del alquiler de su estupendo piso modernista en la rambla Catalunya, cuya renovación había entrañado grandes dificultades y le había quitado el sueño durante varios meses, quedó garantizado *sine die* gracias a la intervención de Luisa Francàs ante la empresa inmobiliaria Holding & Harris, que había adquirido todo el edificio. Fue el premio a su trabajo en *El informe Casabona.* La soledad no le pesaba... demasiado. La salud, en general, buena, próstata aparte. ¿Era feliz? Una interesante y largamente aparcada pregunta que la reaparición fantasmagórica del viejo amigo fallecido tendía a poner sobre la palestra. Tomàs, con su rostro pálido y aniñado, su alopecia creciente y su expresión burlona.

—Sí, la verdad es que me está pesando un poco la rutina —confesó el periodista.

—Que es a lo que tiende tu personalidad. Y por eso necesitas estímulos externos.

—Muy amable. ¿Y tú? ¿Cómo va por el reino de los no vivos?

—Ya sabes, el tiempo pasa despacio. Echo de menos pintar, es una de las cosas que no puedo hacer, tiene un componente demasiado material y en mi estado actual no puedo ensuciarme las manos. Pero sigo a las mujeres hermosas por la calle. A las diosas. Las contemplo mientras pasean y eso me devuelve la fe en la humanidad.

—Eres el mismo machista de siempre.

—¿Machista? Admirador de la belleza y celebrador de la comunicación humana, no como tú, que siempre has tenido miedo al amor y al sexo.

—Me soliviantas; haz el favor de desaparecer —dijo Víctor, y Tomàs se esfumó.

El periodista volvió a la cama, pero no consiguió dormir, y esperó el amanecer repasando el dossier sobre Finita Llorens de Carvajal que Tomàs había ojeado. «Realmente toda vida constituye una caja de sorpresas que en algún momento su protagonista no puede resistirse a abrir a los demás», reflexionó. Finita, que para su edad mantenía una energía envidiable, deseaba presentar su libro de recuerdos con un gran acto social, y allí le tocaría estar a Víctor para respaldar el trabajo hecho.

Sobre las diez de la mañana, Balmoral inició el trayecto a pie hasta la Real Academia de Buenas Letras. Su vida de soltero sesentón habría sido mucho más aburrida sin la pertenencia activa a distintas asociaciones culturales de la ciudad, y la Academia del Barrio Gótico era tal vez la que más apreciaba. Andaba a buen paso: el doctor Garovin le había asegurado que, si cada día caminaba una hora, ya no necesitaba hacer más ejercicio para mantener un mínimo de forma física. Posteriores opiniones bien informadas disminuían drásticamente la certeza de Garovin, pero Víctor se aferraba con fuerza a ella: nada le aburría más que el deporte, pero cuanto mayor se volvía, más gente le recomendaba que lo practicara.

Hacía una mañana agradable en ese otoño barcelonés ya indistinguible de la primavera, y el periodista se movía con su cómodo atuendo habitual, que admitía contadas variaciones: camisa oxford azul pálido (aunque en ocasiones podía ser blanca o rosa), pantalones chinos de color beige (aunque aceptaba llevarlos verdes o azules), americana sport oscura (la americana le resultaba imprescindible por su variedad de bolsillos donde guardar todo tipo de cosas) y calzados flexibles y ajustados, que le permitían efectuar largas caminatas sin perjuicio de sus extremidades. Descendió por la calle Enric Granados hasta la plaza Catalunya, se internó en la Rambla esquivando los grupos de turistas y dobló por la calle Ferran. Frente al Ayuntamiento un obeso exaltado clamaba exigiendo libertad para una serie de personajes que Víctor no conocía; en la fachada de la Generalitat lucía una pancarta independentista. Por la calle de Hércules se dirigió hacia la real institución.

Esta academia, la más antigua de España en su género, está dedicada al cultivo de las letras, el humanismo y la historia catalana. Cuenta con treinta y seis académicos de número, que en la ceremonia de ingreso son investidos con el historiado collar de la institución, y que componen un *numerus clausus*: no se recibe a un nuevo integrante hasta que se produce la vacante por fallecimiento de otro. Víctor había sido propuesto por sus méritos profesionales y porque en aquel momento la casa no contaba con nadie procedente del mundo de la comunicación, que siempre había tenido algún representante allí.

Al llegar al Palacio Requesens, sede de la Academia, se encontró con mucho movimiento en el patio empedrado del hermoso edificio. La empresa Medievalia estaba preparando una de sus cenas-torneo, que constituían una de las fuentes de ingresos más sólidas con que la institución contaba. Unos tipos enfundados en incómodas armaduras —siempre, por la mañana, se realizaba un ensayo general de la justa— colocaban cajas; otros disponían cortinajes; otros preparaban aparadores con bebidas. Víctor sorteó las mesas altas y las estufas de exterior y subió la escalinata.

La presidenta, Mariflor Juvellanchs, había convocado

a la Junta de la Academia para una reunión de urgencia. Mariflor, en su espléndida cincuentena, una mujer de mediana estatura y rubia, con un aire a la actriz Naomi Watts, era una resolutiva profesora universitaria. Se había puesto al frente de la institución cuando ésta pasaba por horas bajas tras un par de presidencias que la habían dejado languidecer, con una junta directiva cansada, y estaba dedicando toda su energía a fortalecerla y rejuvenecerla. Había sido ella quien incorporó a Víctor a la casa.

La entidad, que atravesaba problemas económicos endémicos, recibió varios meses atrás una subvención municipal para hacer reformas. El dinero se gastó en adecentar la galería de retratos y en jubilar las sillas de la sala de actos y los sofás de la recepción, que ya estaban muy baqueteados. Ahora los interventores del Ayuntamiento habían caído en la cuenta de que una cláusula de su normativa impedía que las ayudas en estos casos superaran el cincuenta por ciento del presupuesto. La Academia tenía que devolver un dinero que ya se había gastado. El consistorio municipal ofrecía a cambio abrir una nueva línea de apoyos para actividades, de modo que con lo que se ingresaba por un lado se podría tapar en parte lo del otro, y Mariflor los había convocado para pedir ideas. Este tipo de reuniones acerca de asuntos financieros resultaban muy duras para Víctor, que había aportado a la Junta sus relaciones periodísticas, útiles para la visión práctica y la difusión de actividades, pero que indefectiblemente se despistaba en las cuestiones económicas y burocráticas que constituían parte esencial del funcionamiento de la casa.

Tras franquear el portal de la primera planta, Arcadi Flo, secretario permanente, le tendió un sobre de buen papel con generoso gramaje. Llevaba las palabras «Víctor Balmoral» y la dirección de la entidad escritas a mano, a pluma y con letra primorosa.

—Ha llegado a tu nombre. —Era extraño, nunca había recibido correspondencia en la Academia. Lo guardó en el bolsillo—. Parece que te invitan a una boda.

Flo era un tipo espigado y solícito cuya máxima preocupación en la vida parecía residir en esquivar el conflicto, lo que le hacía idóneo para el cargo que desempeñaba, pero sólo en apariencia: eso no frenaba su afición por las frases lapidarias y las definiciones mordaces. Alopécico, siempre encorbatado, era un erudito de la literatura catalana del siglo XVIII, a la que había dedicado numerosos estudios que coincidían cronológicamente con el arranque de la andadura de la institución, conocida en sus inicios como Academia de los Desconfiados y a la que Fernando VI ennobleció otorgándole el título de «Real» en 1752. También era un especialista en historia urbana, y el único que percibía un sueldo de la institución.

Los miembros de la Junta se instalaron en una de las estancias principales del edificio y Arnau Sala, abogado en ejercicio que había llegado de malhumor, dio comienzo a la sesión tras la bienvenida de la presidenta.

—No son las leyes las que me están haciendo aborrecer el oficio, a pesar de que uno leía las de la época en que estudié y estaba todo clarísimo, y ahora las leo y no entiendo nada —pontificó—. Ni son los colegas, a pesar de que la práctica ha cambiado mucho, como han cambiado las relaciones entre nosotros, y no sólo por parte de los jóvenes, lo que aún sería comprensible. Ni son los jueces, a los que cada vez entiendo menos. No, si le estoy cogiendo manía a la profesión de abogado es por los clientes, que no se dan cuenta de que vamos en el mismo barco y cada vez son más pesados —resopló.

Los demás rieron.

—Bien, Arnau, está claro que has tenido un día de perros en el bufete. Pero aquí vamos contigo claramente en el mismo barco, y sin ánimos de ser pesados, te necesitamos —acotó con rapidez Mariflor—. Dinos, ¿cómo podemos sortear la exigencia de los interventores municipales? Aquí es donde tu conocimiento legal puede desplegarse.

El abogado se embarcó en una exposición llena de tecnicismos de la que Víctor desconectó por completo y que se hizo interminable.

—¿Algún comentario sobre lo que ha expuesto Arnau? —preguntó la presidenta.

Siguió un espeso silencio que rompió el prehistoriador Ermenegildo Armengol.

—Propongo que se le dé manos libres para que desarrolle estos complicados trámites.

Hubo un suspiro general y compartidos gestos de aquiescencia.

—Bien, Arnau, creo que estamos de acuerdo; habla con esos técnicos municipales y exponles tu perspectiva, a ver si los convencemos y evitamos el pago. De otro modo no sé cómo vamos a cerrar el año, porque cenas medievales que alegren nuestra economía, finiquitada ya la temporada turística, quedan pocas. ¿Algún otro tema pendiente, compañeros de la Junta?

—En 1920, durante el mandato del alcalde Martínez Domingo, el Ayuntamiento hizo una aportación decisiva a esta casa que permitió reparar los tejados, que se habían hundido. Quizás podríamos incorporar al escrito este precedente —señaló Eloísa Fornells, experta en historia municipal.

—Yo sólo quiero recordar que el próximo 18 de diciembre celebraremos aquí el simposio sobre Ovidio. Espero que atraiga más público que el de Marcial que celebramos el año pasado. Me gustaría que esta academia tuviera en cuenta el esfuerzo que mi departamento hace para que tales encuentros tengan lugar —reivindicó la latinista Perséfone López.

—Somos conscientes, querida Perséfone, y no nos cabe duda de que enriquecen considerablemente nuestro programa. Por mi parte haré lo posible para asistir e insistiremos a todos los académicos para que lo hagan, ¿verdad, señores?

La mayoría de los presentes desvió la mirada. El medievalista Marcos Milá, que pese a ser el miembro más veterano de la Junta nunca intervenía y solía presentarse vestido como si saliera de viaje para Alaska, tosió estrepitosamente.

—Este constipado me está matando —musitó mientras daba otra vuelta en torno al cuello a la bufanda de gruesa lana a cuadros rojos y azules.

—Yo quisiera también insistir —intervino el prehistoriador Esteve Birulés— para que se dé la máxima difusión a la comunicación de enero sobre las excavaciones de Riudellops. Se acerca el centenario de su impulsor, Pau Garraló, que, os recuerdo, fue académico de esta casa, y deberíamos implicarnos en la celebración al menos a un nivel comparable a la del Institut de...

El grado de especialización de las propuestas académicas resultaba habitualmente elevado, un despliegue de erudición sobre cuestiones poco frecuentadas en nuestro acelerado mundo contemporáneo. Visto desde fuera podría sonar algo excéntrico, pero para Víctor constituía un atractivo, ya que le permitía asomarse a disciplinas que en general desconocía. Tenía sentido que la Academia diera cancha a temas de este estilo porque si no, y fuera de la universidad, ¿quién iba a hacerlo?

Para sorpresa de propios y extraños, Marcos Milá pidió la palabra.

—Queridos compañeros, vais a permitirme que exprese algo que llevo tiempo pensando. Como historiador especialista en el periodo, cada vez me siento más ofendido por la presencia de Medievalia en nuestro palacio. Esas armaduras de baratillo, esos pendones ridículos en nuestro patio, ¡esas simulaciones de combates para japoneses! ¡Esas absurdas cenas presuntamente propias del Medioevo, con grandes chuletones y vino peleón a porrillo, a las que ha aludido nuestra presidenta! Me abochornan, queridos amigos, y creo que os deberían abochornar también a vosotros.

Mariflor intervino, contundente:

—Querido Marcos, entiendo tus reticencias. Pero hoy por hoy los necesitamos. Es verdad que aportan una nota un tanto... pintoresca a nuestra casa, pero también una liquidez sin la que no podríamos seguir adelante.

—Y más que eso —la secundó el secretario—. Hay muchos meses en que nos hacen de banco, adelantando sus pagos para que nosotros podamos sufragar gastos ordinarios. Sin Medievalia, esta academia estaría con el agua al cuello... o tendría que suspender sus actividades.

—De acuerdo, no diré nada más —repuso con tono agrio Milá, a quien la presidenta hacía tiempo que tenía pensado invitar educadamente a salir de la Junta de Gobierno—. Pero, por favor, tened presente ¡que estamos vendiendo nuestra alma!

—Marcos, por favor, no exageres. —Los reunidos se volvieron hacia Elvira Llevat.

La elegante asirióloga era una de las figuras más reputadas de la Academia. Fascinada por las primeras civilizaciones de la humanidad desde que de adolescente leyó *La historia empieza en Sumer*, había excavado en numerosas ocasiones en Irak cuando el país aún se podía visitar. Autora de una amplia bibliografía traducida a varias lenguas, la invitaban regularmente a todos los congresos sobre el mundo mesopotámico.

—Nuestra casa —dijo— ha pasado a lo largo de los años por unos cuantos momentos de dificultad económica. La de ahora no es la primera. Que recurramos a una empresa turística no es lo peor que nos podría ocurrir, ni merma nuestro prestigio. Hay que ser prácticos, vivimos en el siglo XXI.

A Víctor Balmoral le fascinaba Elvira. No era el único. Había tenido la oportunidad de asistir a algunas de sus ponencias en las sesiones generales de la Academia. Sus explicaciones sobre las tabletas de Nínive o sobre la arquitectura de los zigurats derivaban en narraciones hipnotizantes que todos los asistentes seguían embobados, y recordaban al periodista que la razón de ser de la Academia era contar con personas como aquélla.

—Sí, siempre has sido una pragmática —rezongó Milá, que le tenía un poco de celos por su reputación internacional.

—Por las buenas razones, querido Marcos —repuso la asiriólog—. Recuerda que algunas de las monografías que la Academia nos ha publicado a varios de nosotros en los últimos años se han pagado con el dinero de Medievalia.

—Eso es verdad —señaló Esteve Birulés, habitual contribuyente a las publicaciones de la entidad—. ¡Y se trata de una actividad que no podemos dejar de lado!

Balmoral seguía atento a la discusión entre eruditos cuando irrumpió en la sala Aurora, la bibliotecaria, que muy alterada se dirigió al secretario permanente:

—Arcadi, ven corriendo, ha pasado algo en la plaza de los Santos.

La explanada frente a la iglesia de los Santos Justo y Pastor daba a la callecita del Bisbe Caçador, donde se alzaba la Academia.

El secretario se excusó y abandonó la reunión, que ya languidecía. Como conclusión, la presidenta presentó algunas propuestas de actividades para el año siguiente que pudieran justificar apoyos públicos. Se le estaban agotando cuando Arcadi regresó muy agitado.

—Es en las obras de aquí al lado. ¡En el Palacio Sallerich ha aparecido un cadáver!

Al salir de la Academia una vez concluido el encuentro, Balmoral pasó frente al palacio vecino. Dos coches de policía bloqueaban el hermoso e historiado portón de madera. Se identificó como periodista, pero no le dejaron acceder; desde la entrada atisbó un caos de obras, personas uniformadas y trabajadores atónitos que habían interrumpido su trabajo. Tomó algunas notas con la información que le brindó un locuaz aparejador al frente de la reforma.

Si para bajar al Palacio Requesens Víctor solía escoger el camino de la Rambla, para volver al centro solía atravesar el Barrio Gótico. Cruzar la calle Jaume I e internarse hacia la plaza del Rei, bordear el Palacio del Lloctinent y el Museo Marès hasta desembocar en la plaza de la Catedral. El empedrado del pavimento, las soberbias construcciones, el muestrario a la vista de antiquísimos bajorrelieves e inscripciones sobre muros y portales constituían un paisaje familiar cuya contemplación le tranquilizaba. Le gustaba atravesarlo en silencio y, por ello, tras las sesiones de la Academia solía dar esquinazo a sus colegas y se lanzaba en solitario por aquellas calles. Pero esa mañana se dio cuenta de que tenía compañía: Tomàs Riquelme, o el espectro de éste, caminaba a su lado.

—Interesante lo de esos huesos que han aparecido en el Palacio Sallerich —señaló Riquelme—. Ese edificio debe de albergar muchos fantasmas.

—¿Sabes que yo había visitado el palacio cuando la familia aún vivía allí? Los propietarios formaban el típico clan noble de la vieja Barcelona: amables, volátiles, desconectados de la realidad, una reliquia en aquellos movidos y rupturistas años de la Transición y la contracultura democrática.

—Sí, una reliquia familiar muy cargada de propiedad inmobiliaria y muy poco dispuesta a compartirla con el pueblo llano.

—Yo era amigo de una de las hijas, Marta, una chica encantadora y muy atractiva. Me invitó a su puesta de largo. Una gran fiesta en aquel espacio espectacular con salones de baile que se conservaban intactos desde el siglo XVIII, espejos de pared y arañas monumentales en el techo.

—Recuerdo bien que mientras en la facultad te hacías el hippy y el izquierdista, a la vez frecuentabas encantado ese mundo decadente.

Balmoral encajó deportivamente el golpe bajo del ser espectral.

—Sí, me relacioné un tiempo con miembros jóvenes de aquella nobleza catalana, mi madre movió sus contactos para introducirme en sus círculos, quizás esperando que hiciera una buena boda. Era una juventud dorada: gente guapa y rica con ganas de pasarlo bien y medios para divertirse. Hay que decir que en general tenían estilo y un cierto glamur, con aquellas mansiones familiares tan fastuosas. Pero no me sentía muy a gusto, yo procedía de un ambiente muy venido a menos, mi padre, ya lo sabes, había desaparecido y nos había dejado en la estacada. No podía evitar sentirme un extraño y un pobretón en ese mundo de adinerados, aunque eran amables conmigo y me invitaron a un montón de fiestas y fines de semana en sus fincas y castillos. También fui con ellos a esquiar y a montar a caballo, actividades que, para ser sincero, nunca se me dieron bien. Mi amiga Marta murió en un accidente de tráfico cuando aún no había cumplido los veinticinco; los padres, condes de Sallerich, le sobrevivieron bastante tiempo. El palacio han debido de heredarlo sus otros hijos, Jacobo e Irene, que seguían a Marta.

—¿Ese Jacobo no era el que iba con ella en el coche cuando el accidente?

—Sí, quedó muy desfigurado. Él e Irene son quienes debieron de poner la casa en venta.

—Todo ese mundo te sigue atrayendo, ¿verdad?

El periodista se detuvo, reflexivo.

—Es un mundo literario. Y me recuerda mi juventud.

—No deberías haberte apartado de él.

—En cierto momento me desconecté completamente de los Sallerich y su entorno, tan privilegiado, porque me resultaban rancios y encarnaban el pasado, del que en aquella época yo y tantos otros queríamos desconectar. Y tú fuiste en buena parte culpable, me presentaste a gente nueva, me abriste los ambientes de la Barcelona canalla y ramblista de los años setenta. Y allí estaba la novedad, la agitación cultural y la acción. Para una persona joven con curiosidad, la decisión estaba clara. Pero he ido viendo que al dejar atrás un ambiente también se pierde el contacto con las personas concretas que lo integraban. Y eso no siempre es justo. Ahora me los vuelvo a encontrar, ya mayores como yo, en situaciones muy diversas, y me gusta y aprecio su compañía. Es lo bueno de mi trabajo, fomenta el reencuentro permanente.

—Sin embargo, soy yo quien se te aparece para aportarte sensatez, y no la chica Sallerich, señal de que tu elección de aquellos años te marcó —comentó Tomàs con una mueca.

—No me cabe duda. Pero te confieso que el desmantelamiento de su palacio me conmueve un poco y me trae una oleada de recuerdos. Como me chocó en su día, cuando ingresé en Buenas Letras, que aquel edificio donde había pasado tantas veladas juveniles fuera nuestro vecino, pared con pared. Qué curiosa coincidencia con un gran salto en el tiempo, ¿no?

—Las coincidencias no existen —replicó Tomàs.

Un musculado corredor con ropas deportivas y un marcador en el brazo los adelantó por la acera, casi arrollándolos.

—Buf, vaya animal —rezongó Víctor.

—Hoy la gente es mucho más cachas, en nuestro tiempo a nadie le importaba el *body building*.

—Había otras preocupaciones más urgentes, como transformar la sociedad, encontrar el sentido de la vida y divertirse a fondo.

Se cruzaron a continuación con un hombre muy bronceado que caminaba sonriendo y lucía sombrero y traje blanco.

—Antes nadie llevaba sombrero, pensábamos que había desaparecido con la generación de nuestros padres.

—Se nota que no te has quedado calvo como yo —espetó Tomàs antes de desaparecer.

En la redacción de *La Voz de Barcelona*, Balmoral avisó del hallazgo a la jefa de la sección de Local, hizo algunas llamadas a los distintos cuerpos policiales y redactó la noticia para la versión digital del diario, que publicó ilustrada con una foto de archivo del edificio.

MACABRO HALLAZGO EN EL HISTÓRICO PALACIO SALLERICH

En el curso de las obras de reforma del edificio de la plaza de Sant Just, al tirar una pared, los operarios han encontrado esta mañana unos huesos que, a primera vista, parecían humanos.

Rápidamente los responsables de la obra se pusieron en contacto con los Mossos d'Esquadra y varias patrullas se desplazaron hasta el lugar, situado a poca distancia del Ayuntamiento barcelonés. De forma inmediata el cuerpo de la policía catalana inició una investigación para esclarecer los hechos e identificar los restos hallados.

Después de que los agentes confirmaran que se trataba de unos huesos, los médicos forenses han entrado en escena para realizar los análisis correspondientes y poder confirmar con seguridad su origen humano.

Entre las piezas en cuestión han aparecido un cráneo y un fémur. Ahora los investigadores intentarán obtener ADN para poder identificar si pertenecen a un hombre o a una mujer. También, dada la antigüedad del edificio, los investigadores deben precisar si responden a un fallecimiento reciente o bien a alguien muerto hace años, lustros o décadas.

El Palacio Sallerich perteneció durante siglos a la familia del mismo nombre. Recientemente los Sallerich vendieron la finca a un promotor que le dará usos turísticos y culturales.

Al llegar a casa después de una jornada intensa, Víctor abrió con su abrecartas de marfil el sobre que le había entregado el secretario de la Academia. Leyó:

No es cada elemento, sino el conjunto el que es significante. Hay una incógnita en el Barrio Gótico que deberás esclarecer.

De lo que encuentres puede depender el destino y hasta la vida de unas cuantas personas. ¿Eres lo bastante buen investigador y lo bastante persona como para asumir el reto?

CAPÍTULO SEGUNDO

—

Cuando aquella mañana entró en *La Voz de Barcelona* tuvo una desagradable intuición. Mientras desplegaba los periódicos del día (pocos placeres comparables a sumergirse en la actualidad de la jornada anterior gracias a los estupendos ejemplares en papel de siempre, que permiten entrar en un universo jerarquizado y organizado; da igual que las noticias, en el mundo digital, ya sean viejas: el papel y su disposición de los contenidos son lo que les confiere estructura y densidad) recibió un mensaje de WhatsApp: «Suba cuando pueda a ver a Marga Moner a la planta 4».

La jefa de Recursos Humanos no le hizo esperar. Alta, morena, rasgos angulosos, decidida, con un traje pantalón claro, le invitó a tomar asiento.

—Víctor, ya habrás supuesto para qué te he llamado.

—No, ni idea.

—El próximo mes de mayo cumples sesenta y cinco. Por tu edad y trayectoria, y según la legislación actual, es momento de jubilarse.

—Únicamente si lo solicito, según esa misma legislación actual.

—Sí, claro, verás, tenemos en marcha un plan de renovación generacional. Hay que ir dejando paso a los jóvenes, ¿verdad?

—Sí, claro, que pasen, pero eso no quiere decir necesariamente que se queden. En el mundo del periodismo, la veteranía es un grado.

—¡Por supuesto que lo es! Pero tú sabes que, una vez jubilado, podrías seguir escribiendo para este diario y cobrando los artículos. Hay varias fórmulas para arreglarlo. Todo es cuestión de llegar a un acuerdo favorable para ambas partes.

—¿Me estás diciendo que queréis que pida la jubilación?

—Que lo pienses.

—¿Y el director del diario está al tanto de esta sugerencia que me haces?

—Lo está.

—Bien, déjame unos días...

—Por supuesto.

Se despidieron protocolariamente y Víctor sintió la necesidad de salir a airearse. Nunca había pensado en jubilarse, aunque sí había pensado mucho en la jubilación. No le interesaba. Le daba mucha vida llegar cada día a la redacción, relacionarse con sus compañeros, participar, aunque fuera con una responsabilidad menguante, en la gran operación colectiva de elaborar un diario (en papel y también con varias ediciones digitales). Que le llamaran a una hora intempestiva para redactar cualquier pieza de urgencia, a menudo el obituario de alguien a quien había tratado o sobre quien tenía conocimientos; algún día le tocaría a algún colega realizar el suyo. Deambular por los pasillos, discutir, intercambiar información o tan sólo chismorrear con unos y otras. Sobre todo, le gustaba escribir y publicar sus artículos de temas culturales, que tenían sus lectores y le granjeaban una cierta consideración profesional y social. Apurar hasta la fecha límite para entregarlos y aun entonces lamentarse de todo lo que había quedado fuera, y cómo los hubiera podido mejorar de contar con más tiempo.

Desde el punto de vista económico sabía que su jubilación supondría una reducción de sus ingresos que sería difícil compensar con otros conceptos: perdería dinero, que desde luego no le sobraba. Había hablado con amigos ya en el retiro; algunos se lo habían montado bien y seguían activos profesionalmente acogiéndose a distintas fórmulas de excepción laboral; otros se dedicaban al deporte y a recados domésticos cuya simple enumeración anonadaba de tedio a Víctor. Cuando ingresó, mucho tiempo atrás, en *La Voz de Barcelona*, aún conoció periodistas veteranos, ya octogenarios, que se hicieron un huequecito en la redacción y allí estaban, viejos signos de identidad del rotativo, publicando cuando podían, dando conversación a los más pacientes de los jóvenes periodistas recién llegados y dispuestos a morirse aporreando la máquina de escribir. Pero también los hubo que fallecieron a los pocos meses de dejar la práctica activa, como si su cuerpo experimentara una conexión umbilical con aquel otro organismo palpitante, la redacción, a la que habían dedicado tantos años. Decididamente, Víctor no quería jubilarse.

Había quedado con su nueva clienta en el Círculo del Liceo. Este club privado, que se creó al mismo tiempo que el gran teatro de ópera de la ciudad y colinda con él, constituye uno de los baluartes de la vieja Barcelona burguesa, un espacio de influencia y buena vida donde se dan cita melómanos reputados, amantes de la cultura y vástagos ociosos y sociables de las familias ilustres. El Círculo es una cápsula del tiempo que la adversidad supo respetar hace unos años.

Fue cuando las llamas arrasaban el emporio lírico y el techo falso estaba a punto de derrumbarse sobre el patio de butacas. En el interior del Círculo, con el que el Liceo comparte entrada, cundió la alarma. Aquel 31 de enero de 1994 un grupo de responsables y trabajadores de la entidad, junto con guardias urbanos y bomberos, trasladaron como pudieron y en poco rato ochenta y cuatro pinturas y treinta y tres objetos decorativos hasta el cercano Palacio de la Virreina, espacio de propiedad municipal donde quedaron a salvo.

Hoy el visitante que tenga en la memoria aquella jornada no puede menos que maravillarse de que el incendio desatado a pocos metros respetara íntegramente los exquisitos interiores. Desde la «pecera» en la entrada —un salón con ventanales a la Rambla— y el recibidor decorado por Oleguer Junyent, hasta la sala del piano, con su mobiliario, lámparas, vitrales y artesonado, vislumbramos un festival de las artes aplicadas del modernismo catalán. Culmina en la Rotonda con doce cuadros de Ramon Casas, el Singer Sargent español, en torno a la música y el universo femenino en los inicios del siglo XX. A sumar a otras telas, a menudo cedidas para exposiciones ajenas, de Casas y Rusiñol, de Masriera, Cusachs o Urgell. Un conjunto refulgente.

Víctor Balmoral había escrito a lo largo de los años varias decenas de artículos sobre las actividades culturales del Círculo y tenía buena relación con sus directivos, lo que le valió en su momento un carné de socio de la entidad en muy buenas condiciones. Cuando asistía no olvidaba la corbata; la indumentaria formal resultaba obligatoria.

Había convocado allí a Benita Bach, hija de un viejo conocido que días atrás le había escrito un email pidiéndole una entrevista. Quería hacer un encargo a la Unidad de Investigaciones Biográficas, no especificaba para qué, aunque sí dejaba caer algunos datos inquietantes sobre el estado de salud de su progenitor. El Círculo, con todo su empaque, era un buen lugar para recibir a visitas como aquélla.

En el plano de la vida social, el periodista se sentía un tanto camaleónico, sensación que en los últimos tiempos se acrecentaba: los hallazgos del Palacio Sallerich le trajeron a la memoria su lejana frecuentación de los vástagos y ambientes barceloneses más privilegiados, mientras que las conversaciones con Tomàs le devolvían sus momentos más alternativos y rompedores, vinculados a los años de cambio de la sociedad española. La redacción de *La Voz de Barcelona* le recordaba que donde se había encontrado a sí mismo y había descubierto cuál era su papel en el mundo, más allá de cualquier estratificación social, había sido en el campo del periodismo y la cultura. Todo ello, en desordenada combinación, constituía una línea conductora de su vida, como lo era el piso en el centro de la ciudad donde habitaba, la evocación siempre profunda de su madre y, en aquel momento, su presencia en el histórico club de la Rambla.

Víctor esperó a Benita en el bar. La barra de fina ebanistería, su gran friso mural de un parque campestre con todos los matices del verde y sus sillones chéster invitaban al relajo.

Cómodamente retrepado, reflexionó sobre la carta recibida el día anterior. Un desafío que de forma abrupta le invitaba a responsabilizarse por destinos ajenos. ¿Debía tomarla en serio? ¿Comentarla en el periódico? ¿Consultar con la policía? ¿O se trataba de un juego sin mayor relevancia?

Le sacó de su meditación Lola Montbuí, una asidua sesentona, melómana y *socialite*, sempiterna practicante del *name dropping* y el recitado de agenda.

—Hola, Lola. ¿Cómo te va la vida? —preguntó con amabilidad Balmoral a sabiendas del jardín en que se metía.

—¡Estupendamente! El sábado subimos a Pals porque allí está mi hijo con su mujer, que es alemana; están embarazados y venían los consuegros. El domingo fuimos a Premià a repasar el barco. El lunes tenemos aquí la función de *Manon* y el martes vamos a la apertura de temporada del Ecuestre. El jueves subiremos a la Cerdanya, estamos haciendo fines de semana largos, ya tenemos una edad; el viernes vendrán mis hijos, el sábado los hijos de mi marido...

Etcétera, etcétera, etcétera.

Un Balmoral agotado sintió alivio cuando, con veinte minutos de retraso, apareció Benita. La treintañera pelirroja, vivaz y vestida de negro, se presentó y ambos se despidieron de Lola.

Tras un poco de charla insustancial, el periodista y la

joven pasaron al restaurante, con vistas sobre la Rambla. Del menú del día, coincidieron en la crema de tomates con helado de albahaca; de segundo Benita se apuntó a la corvina a la plancha estilo provenzal, y Víctor a la *tagliata* de vaca madurada al aceite de romero.

—Así pues, tu padre no está bien —dijo Víctor.

La joven meditó brevemente antes de responder de forma concisa y como queriendo esconder cualquier emoción:

—Descubrió tarde un cáncer de esófago que se le ha ido extendiendo y ha hecho metástasis. Le ha llegado a la cabeza y empieza a perder a menudo el raciocinio. Por suerte, en casa está bien atendido.

Alejandro Bach había hecho una pequeña fortuna con su cadena de tiendas Wilderness, donde ofrecía ropa y equipamientos para la naturaleza. Empezó con productos que él mismo traía de Estados Unidos a fines de los años ochenta, y el negocio se fue extendiendo; pronto empezó a producirlos *low cost*, copiando los diseños estadounidenses, en países de Latinoamérica; ahora contaba con más de cincuenta comercios en toda España, más de veinte gestionados directamente por él y el resto franquiciados. Víctor lo había tratado de manera ocasional en su juventud y luego se cruzó con él algunas veces, en una aproximación cordial que no fue a más.

—Qué pena —comentó Balmoral, con énfasis sincero, porque siempre le conmovían las historias dramáticas y los anunciados fines de vida que afectaban a gente de su edad—. Sin duda aún le quedaba mucho camino por recorrer. Pero, dime, ¿en qué puedo ayudarte?

—Mi padre me ha hablado de ti en varias ocasiones,

de vuestro grupo y la vida que llevabais. Me comentaba tus artículos y le llegó el eco de tus investigaciones biográficas. Sabía que eras una especie de detective, pero sin delitos.

—Un detective de las vidas, sí, algo así. Reconstruyo trayectorias.

—En el Instituto de Estudios Éticos le hablaron a papá del buen trabajo que hiciste con *El informe Casabona.*

—Pensaba que el Instituto no hacía público este tipo de encargos... ¡Casabona! Fascinante figura. Otro Alejandro, como tu padre. ¡Nombre de conquistador!...

—Hablas de él con admiración...

—Se trata de una admiración ambivalente. Casabona era un personaje muy complejo: gran empresario de la construcción, político creador de un partido de centro, productor cinematográfico, mecenas del arte... Pero también alguien que en su ascensión no vaciló en utilizar las distintas formas de corrupción que fomentaba el régimen franquista, y que quemaba una tras otra a las personas que había a su alrededor, tanto en el campo privado como en el profesional.

—Entonces, ¿era bueno, era malo?

—Te responderé con una frase de Orson Welles: «Si quieres un final feliz, todo depende, por supuesto, de dónde detengas tu historia». Según en qué momento de su vida nos paremos encontramos a un Alejandro Casabona maravilloso, seductor, dudoso o bastante inquietante.

—¿Y eso, Víctor, es lo que reflejó tu informe?

—Más o menos... ¿Tiene relación tu padre con el Instituto?

—Ha colaborado con ellos en algunas iniciativas de acción social, que a veces me ha delegado.

—Muy buena cosa que los ricos den uso altruista a una parte de su fortuna, por mínima que sea.

—Víctor —cambió de registro ella—. ¿Trataste mucho a mi madre, Regina Suelves?

El periodista cargó de crema su cuchara.

—Eeuhh... No demasiado, la verdad.

—Pero sabes su historia...

—Coincidí con ella en la facultad, aunque era algo mayor que yo. La recuerdo muy hippy y aventurera.

—Sí, aventurera con todas las consecuencias. Iba y venía de la India, de Marruecos, de las islas griegas... Mi padre siempre hablaba de aquel imponente físico suyo...

—Tostada y fuerte, una valkiria.

—Tuvo lo suyo con las drogas, no es un secreto. Cuando regresaba a la ciudad mis abuelos la acogían y le daban algo de dinero. En uno de esos retornos conoció a mi padre, más joven, porque ella pasaba de los treinta, y tuvieron una relación con muchos altibajos durante un par de años de la que nací yo.

—Y luego desapareció.

—Exacto. Nos dejó a papá y a mí una nota, y salió de escena. No se la ha vuelto a ver por Barcelona ni ha dado señales de vida desde entonces.

—Y a tu padre no le ha ido mal.

—Montó la cadena de ropa y complementos que conoces y ha hecho bastante dinero.

—Es curioso, mientras que los grandes millonarios de la generación de Casabona provenían sobre todo de la construcción, algunas de las mayores fortunas españolas de los últimos tiempos se han hecho en el mundo de la ropa: Inditex, Mango... Emprendedores que empezaron muy abajo y acabaron construyendo un imperio. El negocio de la indumentaria a precio asequible con distribución global como mina de oro.

—Mi padre no llegó a tanto con Wilderness, pero sí se labró una posición bastante acomodada.

—Y no olvidó a Regina, claro.

—Durante un tiempo, según me ha dicho, buscó a mi madre, denunció su desaparición, recurrió al Ministerio de Asuntos Exteriores, desde el que alertaron a embajadas y consulados. Pero...

—Pero...

—Sin resultado.

—¿Y ahora?

—Me gustaría volver a investigar. Mi padre puede dejarnos en cualquier momento...

—Entiendo que te sientas frágil.

—Y yo me quedaré sola. Por eso quiero saber. ¿Qué pasó con ella? ¿Y si nunca se fue de Barcelona?

—¿Por qué habría de eclipsarse si se hubiera quedado?

—Hace poco leí aquella novela de Manuel Vázquez Montalbán, tan conocida. Un industrial catalán supuestamente ha desaparecido en el Pacífico, pero en realidad se ha ido a vivir con otra identidad a una barriada obrera que él mismo hizo construir con malos materiales y desastrosos resultados.

—*Los mares del Sur*, premio Planeta en 1979.

—Al personaje creado por Montalbán le movía el sentimiento de culpa. Mi madre también se llevaba muy mal consigo misma, eso dicen todos. Autodestructiva, irritable, carácter muy cambiante. Me gustaría que hicieras un último intento por seguirle la pista. Aquí tienes copia de los materiales más significativos que he podido reunir sobre ella.

Benita depositó encima de la mesa una elegante cartera de mano negra.

—Eres consciente, ¿verdad?, de que mucha gente de aquella época, en especial los que abusaban de ciertas sustancias, acabaron muy mal... —preguntó retóricamente Balmoral.

—Si te parece te hago un bizum de tres mil euros para los primeros gastos.

—No tengo Bizum.

—Bien, dame tu número de cuenta y hago una transferencia.

—No tengas prisa, ya hablaremos si doy con alguna información útil. Creo que conozco a una persona con la que podría empezar el seguimiento.

—¿Eso quiere decir que aceptas?

—Quiere decir que hablaré con alguien. Me parece que es lo mínimo que mereces.

—Por favor. Y te pasaré por email las pocas fotos de ella que mi padre conserva.

Víctor prometió que le enviaría su número de cuenta corriente por WhatsApp; hablaron otro rato de naderías y Benita se despidió.

El periodista se quedó tomando café, y al poco se sentó a su lado Luis Hernán, el vocal de Cultura del Círculo. Ahora en su exuberante setentena, había sido diplomático y conservaba las buenas formas, la curiosidad y la iniciativa. Enérgico y siempre de punta en blanco, con una elegancia llamativa y *Ancien Régime* muy Barrio de Salamanca, más propia de Madrid que de los apagados gustos indumentarios de la burguesía barcelonesa. Hernán reclutaba a menudo a Víctor para participar en conferencias y simposios.

—Me gustan tus calcetines con este color tan... escarlata —le saludó éste con ironía.

—Siempre te fijas en lo importante. Los compré en Londres.

—Me recuerdan el final de tantas historias del gran humorista inglés P. G. Wodehouse, sobre todo las del ciclo de Jeeves. Al salir de alguno de los líos en los que se mete constantemente, el bueno de Archie Wooster, un señorito bondadoso pero descerebrado, concede a su mayordomo Jeeves como premio a su eficacia que tire los calcetines chillones a la basura, puesto que desde el primer momento se los ha criticado...

—Y resulta que Jeeves ya lo ha hecho. Nada como el humor británico.

Rieron.

—Te has enterado, ¿verdad?, de lo que encontraron en el Palacio Sallerich...

—Un cadáver. Estaba en Buenas Letras cuando lo descubrieron.

—Tengo datos. —Luis siempre se ufanaba de poder acceder a informaciones privilegiadas—. Era una mujer. La colocaron en un cuarto falso que habían construido en una esquina de un salón y luego enyesaron y pintaron. A quien fuera que dejaron allí la habían emparedado, como se hacía en los castillos medievales.

—Y ahora hay una investigación en marcha.

—¡Qué barbaridad! Quizás su aparición en plena reforma del edificio es una venganza de las piedras.

—¡Qué romántico eres! —bromeó Víctor.

—La última generación de los Sallerich, la que tú y yo conocemos y hemos tratado, puso en venta el palacio porque ninguno de los dos hermanos que quedaban tenía capacidad económica, ni ganas, de mantenerlo.

—Lo sé... Ya no queda conciencia dinástica en nuestros días. En Francia los aristócratas se matan a trabajar y se hipotecan para mantener el patrimonio heredado, esos *châteaux* rurales maravillosos. Aquí corren a liquidarlos y a hacer caja con ellos.

—¡No todos, no todos! Conozco a bastantes propietarios que están luchando por mantener sus edificios históricos, abrirlos al turismo, compartirlos con la sociedad. Pero en este caso se lo ofrecieron primero al Ayuntamiento, con el mobiliario intacto. Los responsables municipales no lo quisieron. Entonces sacaron de allí todos los muebles y los vendieron en subasta en San Sebastián, no me preguntes por qué allí. El palacio vacío lo adquirió un promotor inmobiliario...

—Que ha echado abajo todas las paredes para hacer apartamentos de lujo respetando tan sólo la fachada.

—Con sus esgrafiados.

—Pero este cadáver ha obligado a parar las obras... ¿Me excusas un momento? Tengo que ir al lavabo.

Se dice que el Círculo del Liceo es elitista: un club privado que ha mantenido para sus socios un enclave de privilegio en el centro de la ciudad. Un punto de contacto para que los miembros de la clase dirigente se perpetúen. Pero también un reducto de la tradición que brinda estética y pedigrí a Barcelona. Conociendo sus virtudes e inconvenientes, a Víctor Balmoral le gustaba dejarse caer por allí porque era un buen sitio para llevar gente a comer y porque siempre se encontraba a alguien que le contaba una buena historia o esbozaba la posibilidad de hacerlo algún día.

En el comedor resulta fácil topar con figuras del poder local. En una mesa cercana estaba el presidente del Banco de Progreso; en otra, la decana del Colegio de Abogados; en otra...

—¡Víctor! ¡Cuánto tiempo!

Luisa Francàs, la directora del Instituto de Estudios Éticos, salía del restaurante con una acompañante cuando vio al periodista.

—Querida amiga —la saludó Víctor—. ¿Cómo va la ética empresarial?

—Dudosa, como siempre en estos duros tiempos. Un día tendríamos que hablar tú y yo.

—Justamente hace un rato una clienta me preguntaba por el trabajo que realicé con vosotros a raíz del legado Casabona. Aunque ya sabes de mi discreción, veo que la referencia de la investigación ha circulado...

La directora esbozó una sonrisita.

—Verás, Víctor, no te negaré que hemos dado cuenta de tu excelente informe a algunas personas próximas al Instituto... Nos interesaba que se supiera que nos habíamos tomado en serio al menos un primer debate sobre la conveniencia ética de aceptar la donación de Alejandro, y que nos ateníamos a nuestros propios principios.

—Ningún problema, para mí puede convertirse en una especie de tarjeta de visita. Sobre lo de vernos, ya sabes que estoy a tu disposición.

—Te llamo pronto.

De camino a la calle, le detuvo el portero del Círculo.

—Señor Balmoral, han pasado un sobre por debajo de la puerta, fíjese qué extraño; ni siquiera han llamado al timbre. Es para usted.

Se instaló en la «pecera» que daba a la Rambla para leerlo tranquilamente. Mismo papel, tinta y caligrafía que la que habían entregado en Buenas Letras. Y unas frases:

La destrucción de las bombas esconde la del tiempo. El Barrio Gótico es un polvorín. Por el bien de todos procura, investigador, que no estalle. Y que no le ocurra a nadie lo que le sucedió al Rey.

CAPÍTULO TERCERO

—¡Tenga cuidado! Casi me atropella.

El repartidor de Glovo en patinete ni siquiera se volvió. Siguió a toda velocidad con su gran mochila amarilla a cuestas. Había pasado realmente a muy pocos centímetros de Víctor.

La calle Ferran simboliza como pocas la versatilidad del callejero, reflexionó el periodista mientras se reponía del susto. Se extiende desde la Rambla, la arteria más popular de Barcelona, hasta la plaza de Sant Jaume, donde se ubican el Ayuntamiento y el Palacio de la Generalitat.

Debe su nombre al rey Fernando VII, el que restableció la continuidad dinástica tras la guerra de la Independencia contra el invasor Bonaparte. Napoleón había roto el hilo de la Corona colocando en el trono a su hermano José, Pepe Botella. Duró poco. A su sucesor Fernando VII se le conoció como «el Deseado» porque su vuelta al Palacio Real traía consigo los anhelos democráticos auspiciados por la Constitución de Cádiz. Pero se convirtió en un monarca ominoso al girar radicalmente del liberalismo a la reacción en consonancia con los vientos europeos y enviar a la muerte o al exilio a los políticos democráticos.

El historiador decimonónico Víctor Balaguer, en su estudio *Las calles de Barcelona*, consideró la de Fernando como una de las más bellas de la ciudad, donde se daban cita los elegantes del siglo XIX. Cuando el partido progresista, resentido con el monarca, subió al poder en Barcelona le cambió el nombre, que años después fue restablecido. Con sucesivos cambios ha llegado hasta el presente, en que los ayuntamientos de izquierda han perpetuado a un incógnito *Ferran* que nadie sabe qué ni a quién representa.

Víctor recorrió con la mirada el paisaje. La arteria urbana que albergaba las joyerías, chocolaterías y tiendas de sedas glamurosas de la época de Mariona Rebull, el célebre personaje creado por el novelista Ignacio Agustí, ha estado muy descuidada en los últimos años. Pubs para bochornosas despedidas de solteros que llegan en vuelos baratos, persianas metálicas de locales cerrados cubiertos de grafitos, tiendas de souvenirs sin alma... La calle da pena.

En su lánguido deambular, Víctor Balmoral iba reflexionando acerca de la propuesta de jubilación que le habían lanzado en el diario. Y también acerca del segundo mensaje que le habían hecho llegar, más extraño e inquietante aún que el primero: «El Barrio Gótico es un polvorín...». A su lado, de repente, se corporeizó Tomàs Riquelme.

—¡Cuán cariacontecido estás! ¿Qué barruntas?

—Me da grima esta calle —mintió parcialmente Balmoral, esquivando a otro mensajero que casi le rozó al adelantarle en su inmensa bicicleta—. Está asquerosa. Qué vergüenza para la ciudad.

—A mí me pone nostálgico.

—¿De qué?

—¿No ves la plaza Real? —dijo Tomàs señalando un pasaje a su derecha que se abría a la plaza—. ¡Cuántas noches! ¿Te acuerdas de los años setenta, cuando nosotros teníamos veinte? ¿De los escandalosos héroes gais del momento, Ocaña y Camilo, con sus faldones y sus mantones de Manila? ¿De las veladas interminables en el bar Minotauro, antes de dirigirnos al Pastís o a Les Enfants Terribles...?

—Aquéllos fueron unos buenos tiempos.

—Sí, el Barrio Gótico tiene muchos rostros, y uno de ellos es el de las noches canallas de nuestra juventud... Ocaña, claro. Pintor, travesti, agitador... Ahora hay un local que lleva su nombre.

—Pobre, ardió con su vestido de papel en unas fiestas de su pueblo. Y la palabra *travesti* ya no se lleva.

—Ha pasado medio siglo de todo aquello.

—Pero yo no lo noto —exclamó Víctor—. ¡Yo no me siento viejo, el homínido veinteañero que hay dentro de mí está igual!

—Como siempre has sido un conservador consigues conservarte bien. En realidad, eres un negacionista que no quiere aceptar el paso del tiempo.

—Al igual que tú, un fantasma que tiene idéntico aspecto que cuando murió hace quince años.

—¿Qué más quieres? Soy la prueba palpable de que existe algún tipo de vida después de la muerte. Pero ya estoy en otro plano. No me lavo los dientes, no me ducho, no como...

—¡Con lo que te gustaba la buena comida! Especialmente la italiana, ¡qué deliciosos espaguetis *arrabbiata* preparabas!

—Tú en cambio te mantienes a pleno rendimiento aquí y ahora, gozando de todas las oportunidades de la vida. Pero acuérdate del Dorian Gray de Oscar Wilde, un día te pueden caer encima de golpe todos los años que has ido disimulando.

Otro repartidor en bicicleta pasó peligrosamente cerca del periodista, que con prudencia se apartó del centro de la calzada hasta situarse en la acera, siempre con Tomàs al lado.

—Los años no sólo deterioran y desilusionan, también enriquecen —añadió Tomàs—. Un poco como le ocurre a esta zona, que en los últimos tiempos ejerce sobre ti un singular magnetismo.

—Hoy vengo para seguir el encargo de Benita. Ya verás con qué antiguo compañero de estudios me he citado, comprobaremos cómo le ha tratado el paso del tiempo, si le ha beneficiado o le ha vapuleado. Y también quiero indagar la razón de que me lleguen estas cartas extrañas y saber qué está ocurriendo en el Gótico, si es que ocurre algo.

—Lo capto. Y aplaudo tu hiperactividad. Pero ¿tienes un pitillo?

Víctor no se dignó contestar. Tomàs se esfumó —el verbo adecuado, pensó su amigo, para alguien que pedía tabaco— y Balmoral siguió camino. Se arrepintió de no haberle dicho lo que pensaba.

«Tomàs, te echo en falta... Nuestra amistad no sólo me abrió puertas a muchas realidades que desconocía, también me daba la sensación de poder comunicarme con un igual, un hermano. Y cuando me criticabas y me pinchabas lo hacías desde el conocimiento real de la persona que yo era. Desde que te fuiste, llevándote muchos recuerdos compartidos, no tengo a nadie con quien sincerarme. Supongo que es por eso por lo que allí donde estés te dejan de tanto en tanto venir a verme y seguir haciendo conmigo de Pepito Grillo».

Al pasar frente a la iglesia de Sant Jaume vio las puertas abiertas y decidió entrar unos minutos. ¿A rezar, a meditar, a ralentizarse? Ni él mismo lo sabía.

Esta iglesia se construyó sobre un antiguo templo judío y, como tantos edificios de la zona, ha sufrido abundantes ampliaciones, reformas y modificaciones, hasta el punto de que sería difícil precisar cuál es su verdadera identidad. ¿La hebrea de origen? ¿La gótica radiante de su retablo, cedido por la catedral? ¿La gótica tardía de su fachada? ¿La renacentista del tímpano y las capillas laterales? ¿La neogótica de la decoración hoy vigente?

Víctor se había sentado cerca de la entrada y una escena le sacó de sus meditaciones. En uno de los primeros bancos un hombre se desplomó con estrépito. Muy rápidamente, una joven sonriente y de aspecto frágil le estaba ayudando a ponerse en pie. Víctor se acercó a echar una mano. El hombre desprendía un fuerte olor a alcohol.

—Venga, venga, Teodor, túmbate aquí —dijo ella acomodándole en uno de los bancos—. Descansa.

El hombre se incorporó con dificultad y vomitó sobre el suelo de la iglesia. La joven no se alteró. Le sugirió que se quedara un rato sin moverse y desapareció en la sacristía. Volvió enseguida cargando un cubo de agua, una toalla y una fregona. Con la toalla húmeda le limpió a Teodor el rostro y el jersey que llevaba, y le refrescó las sienes. Con la fregona adecentó el suelo.

Vestía un hábito azul, como de tela tejana, y una toca del mismo material. Balmoral contempló todo el proceso sin intervenir, fascinado.

—Hola —saludó a Víctor.

—Hola.

Se apartaron de aquel individuo, que se había reanimado y estaba canturreando de forma confusa.

—¿Hemos interrumpido tus oraciones? —preguntó a Víctor la religiosa.

—No estaba rezando, sólo pensaba un poco, en nada demasiado concreto.

—Ésa puede ser una forma de dirigirse a Dios.

—Quizás. Pero me ha sorprendido lo que he visto, cómo has atendido a ese hombre, con qué cariño. ¿Quién eres?

—Me llamo Eva. Soy una hermanita de la Buena Fortuna.

—¿Y eso?

—Rezamos en esta parroquia y ayudamos a la gente del distrito. Teodor viene a menudo por aquí, hay veces que no está muy bien. Sufre un desequilibrio psíquico y desde hace años vive a salto de mata. Los servicios sociales han intentado ingresarlo en centros de atención, pero él no quiere. Le gusta esta iglesia y le gustamos nosotros, duerme en el portal y le dejamos utilizar nuestros lavabos.

—Eso está muy bien. Pero confieso que no había oído hablar nunca de la orden de la Buena Fortuna.

—Es una fraternidad que vive la oración y celebra la Eucaristía y la Palabra con humildad y junto a los más desfavorecidos. Evangelizamos y pedimos, no tenemos nada nuestro. Salimos a mendigar y ayudamos en los comedores sociales. Esta iglesia nos la cede, parcialmente, el arzobispado. ¿Puedes ayudarnos tú?

—¿Cómo? ¿Sois una orden mendicante?

—Sí. Y tienes cara de buena persona.

Víctor se llevó la mano a la cartera y extrajo un billete de veinte euros.

—Déjalo en esa cesta, por favor.

—¿Rezarás por mí?

La religiosa rio.

—Rezaré por ti y porque todas tus investigaciones lleguen a buen puerto.

Víctor se quedó atónito.

—¿Cómo sabes que soy investigador?

Más risas.

—Investiga cómo lo he sabido. Ahora tengo que dejarte.

Víctor salió a la calle Ferran y se dirigió a su cita. Al cruzar la plaza de Sant Jaume se detuvo a observar a un grupo de turistas que rodeaban a una guía.

—Éste es un *free tour*—dijo la muchacha, que enarbolaba un pequeño paraguas verde chillón—. Yo soy Eugenia. Voy a repasar la lista de los que se han apuntado. —Recitó una docena de nombres—. Veo que se ha presentado más gente, no hay problema; al final podéis pagar lo que os parezca justo.

Víctor se quedó estupefacto: la joven era idéntica a la religiosa que acababa de dejar en la iglesia de Sant Jaume, a excepción del *piercing* en la nariz, los tatuajes que le cubrían ambos brazos y un aire de insolencia que contrastaba con la bondadosa ingenuidad de Eva.

—Usted, señor, ¿viene con nosotros? —preguntó al periodista.

—Sí...

—¿Por qué me mira de esta manera?

—Es que acabo de ver a una persona muy parecida a usted en esta misma calle, tan sólo unos cuantos metros más abajo.

La joven sonrió enigmáticamente.

—Lo que tienen a su alrededor —arrancó la guía, efectuando un teatral giro de trescientos sesenta grados sobre sí misma con el brazo derecho y el dedo índice extendidos— es el Barrio Gótico de Barcelona. ¿Ustedes saben qué es *lo gótico*?

—Un estilo medieval —respondió en perfecto castellano una turista asiática.

—La arquitectura de las catedrales europeas —se sumó su compañero.

—Ambas cosas —explicó pedagógicamente la guía—. La palabra viene de los godos, uno de los pueblos llamados «bárbaros» que acabaron con el Imperio romano, que buena falta hacía. Pero lo gótico se proyecta en el tiempo mucho más allá de los godos. Se trata de un estilo que marca la arquitectura, la pintura y la escultura de la Baja Edad Media. En arquitectura rompe con el románico, que le precede, siempre ajustado y concentrado, incorporando verticalidad a los espacios de culto con sus nuevos sistemas constructivos, como la bóveda de crucería. También impone luminosidad y color, siguiendo la filosofía de que «Dios es luz». Con el estilo gótico el mundo medieval parece despegar. Irradia desde París a buena parte de Europa y crea unos espacios de singular elegancia, tanto religiosos como civiles, según veremos aquí. Pero ya saben —continuó— que la historia registra los hechos de quienes encargaron los monumentos, y no de quienes los levantaron con su sudor y a veces con su vida.

Con la última frase, consiguió atraer el interés de los miembros más jóvenes del grupo.

—En la Edad Media —continuó Eugenia—, Barcelona era una de las grandes capitales del Mediterráneo, con una fuerte actividad mercantil y marinera. La gobernaban los condes de Barcelona, que por enlace dinástico se convirtieron también en el siglo XII en reyes de Aragón. En aquella época las mujeres constituían moneda de cambio habitual para los juegos de poder, y la hija del rey de Aragón tenía catorce años cuando se casó con el conde, de modo que es fácil imaginar que su noche de bodas debió de ser una auténtica violación. En fin, a raíz de todo ello Barcelona pasa a ser la principal capital de la Corona. Aquí el conde-rey mantuvo su palacio, los nobles que le rodeaban hicieron también los suyos y los curas, cómo no, edificaron su catedral. Hoy, esta zona constituye uno de los conjuntos medievales más importantes que se conservan en Europa. Iremos recorriendo sus lugares principales.

Para Víctor, el Barrio Gótico constituía una de las referencias más claras en su visión histórica de la metrópolis que le había visto nacer. Lo había recorrido de pequeño de la mano de sus padres, juntos o por separado, que le habían relatado la historia de algunos de sus edificios. Aquel pétreo bloque arquitectónico en el corazón de la ciudad antigua imprimía una envergadura colosal, un peso indescriptible, a su memoria urbana. Barcelona, sí, la capital con un pasado brillante, medieval, grácil, luminoso y a la vez sombrío, gótico. Por mucho que la modernidad y la globalización hubieran revolucionado la vida de la urbe y de sus habitantes, aquellas calles, palacios y templos siempre estaban allí como un recuerdo de todo lo que es anterior, bello e inmutable.

Pero nunca lo había recorrido siguiendo a una profesional del turismo como esa joven Eugenia. ¿Y qué pensar de su enorme parecido con Eva? ¿Era casualidad haberlas conocido a una tras la otra en pocos minutos? Y si no lo era, ¿qué significaba?

Abandonó el *free tour* frente al Palacio de la Generalitat y se desvió a la izquierda. Caminó hasta la recoleta plaza de Sant Felip Neri, un oasis de paz en el barullo de la ciudad antigua, y entró en el único local comercial allí existente, una sofisticada jabonería. En aquel momento no había clientes. Un hombre delgado con coleta removía y recolocaba los jabones de distintos tamaños, colores y aromas en los estantes de madera estilo *vintage*. Era un festival, se podían encontrar con aroma de fruta —naranja, cereza, plátano—, de menta, de nerolí, también de aloe vera y del árbol del té, y de todo tipo de procedencias exóticas: palosanto, caléndula, proteína de arroz, sales del mar Muerto...

—Hola, Arturo Bergadá...

El dependiente se dio la vuelta y lanzó un bufido.

—¡Víctor Balmoral! ¡Qué alegría!

El periodista constató que su antiguo compañero de estudios envejecía mal. Las arrugas del rostro eran profundas; la dentadura mal cuidada, con tono amarillento y algún hueco; el cabello, de un feo color grisáceo, raleaba.

—Vamos a tomar un café aquí al lado. Marita, ¿puedes ocuparte? Salgo diez minutos.

—¡Claro! —dijo la chica que trabajaba en la habitación del fondo.

Se instalaron en la terraza del elegante hotel Neri, a pocos metros de la fuente, en el centro de la pequeña plaza.

—Me chocó cuando me dijiste que trabajabas aquí —apuntó Víctor.

—Me he retirado de la música, no se puede vivir de ella. Unos amigos regentan esta tienda, que tiene mucho éxito porque aparece en todas las rutas turísticas, y cojo algunas suplencias.

—¿Ya no haces conciertos?

—Muy de vez en cuando. En los últimos tiempos sólo me encargaba de cargar los amplificadores y dar apoyo técnico a otros artistas, mucho más jóvenes y exitosos, lo que no resultaba gratificante. Y acababa deslomado.

—Lástima, siempre pensé que tenías un futuro con tu guitarra. Me gustaban tus canciones, un poco a lo Bob Dylan...

—Ya entonces iban contra corriente. Y llega un momento en la vida en que conviene saber administrar las propias limitaciones.

—Arturo, tú tuviste cierta relación con Regina Suelves, ¿qué recuerdas de ella?

A Balmoral le pareció que el viejo hippy se sonrojaba.

—¡Hombre! Salimos un tiempo en la facultad, en la Autónoma... Era muy impulsiva, muy salvaje. Lo pasamos bien, la verdad, pero yo no podía seguirle el ritmo.

—Me dijeron... Eeuhh... Se comentaba que vivíais en una comuna.

—¡Dios, qué chismosa es la gente! Sí, vivimos un tiempo a tres, con Eduard, que estudiaba Historia Medieval y Arqueología, te acordarás de él. Fue un experimento de convivencia moderna... y sexo abierto —Arturo se ruborizó brevemente— como tantos que hubo entonces. No sé si recuerdas *Pourquoi pas!*... Aquella película francesa que vimos en el cine Moratín de la calle Muntaner nos ayudó a decidirnos. ¿Por qué no podíamos dos amigos compartir a una novia? ¿O ella compartirnos a nosotros?

—Ahora le llaman a eso «poliamor».

—Sí, cada generación descubre la sopa de ajo. En fin, empezamos con muchas ganas, pero el tema no salió bien. Eduard y yo al cabo de poco tiempo estábamos a matar y decidí retirarme del terceto.

—¡Qué pena! Erais un modelo para los compañeros de curso. Una referencia, lo que hoy se diría aspiracional.

—Una bella etapa que no sé si recomendaría a nadie.

—Y a Eduard, ¿lo has vuelto a ver?

—Hizo carrera, una de esas trayectorias académicas un tanto grises vistas desde fuera, pero con mucho peso dentro, y que acaban siendo cómodas y gratas para el que las desarrolla. Es catedrático en la Universidad Rovira i Virgili de Tarragona, si no se ha jubilado. Viene de tanto en tanto a Barcelona.

—¿Tienes su contacto?

—Verás, cuando Regina salió también de su vida acabamos por reconciliarnos. Quedamos de vez en cuando. Sí, te pasaré su móvil por WhatsApp. Por cierto, tú en la facultad eras muy amigo de Tomàs Riquelme, ¿verdad? Me dijeron que había muerto. ¿Qué le ocurrió?

En el Museo de la Catedral le esperaba mosén Bentanachs, canónigo y delegado de Cultura y Patrimonio del arzobispado. Víctor le había pedido cita la tarde anterior tras recibir la segunda carta. Se habían tratado en distintas ocasiones, Víctor había leído varios de sus libros y reseñado alguno. Si alguien conocía los intríngulis del Barrio Gótico era él. Tal vez pudiera ayudarle a descifrar lo que había detrás de aquellas extrañas frases.

Bentanachs, bajito y rechoncho, con el cabello gris cortado a cepillo, había puesto orden en las distintas colecciones de objetos de valor cultural que el arzobispado poseía y también se había dedicado a dinamizar sus exposiciones y publicaciones.

En una mesa, el sacerdote había desplegado una colección de relicarios.

—¿Qué guarda aquí? —preguntó Balmoral—. ¿Algún hueso de santa Teresa?

—Santa Teresa queda lejos, Víctor, aquí sólo conservamos buenos huesos catalanes.

Balmoral siempre había tenido sospechas sobre el nacionalismo militante del mosén, así que no sabía si ahora hablaba en serio o en broma.

El periodista le puso al día de las misivas.

—La primera no tiene misterio. «Una incógnita en el Barrio Gótico que deberás esclarecer» es una invitación al juego —dijo el sacerdote—. Pero habrá que ver a dónde conduce. Le añade una presión retórica alegando que «de lo que encuentres puede depender el destino y hasta la vida de unas cuantas personas».

—¿Seguro que es retórica? A mí me inquieta.

—No hay una amenaza directa ni concreta, se limita a esbozar una hipótesis grandilocuente.

—Vamos a la segunda. ¿Qué querrá decir eso de «la destrucción de las bombas esconde la del tiempo»? —preguntó Víctor.

—Veamos. Durante la Guerra Civil fueron vandalizadas numerosas iglesias de la ciudad, aunque pocas bombardeadas. Entre las que recibieron ataques aéreos se encontraba esta catedral, pero lo hicieron con poco éxito, la metralla apenas impactó en la estatua de Santa Elena, que está en el cimborrio.

—¿La que pagó el banquero Manuel Girona?

—Sí, como toda la reforma de finales del XIX, que incluye la fachada del edificio. Lo he explicado en alguno de mis libros.

—Lo recuerdo, más o menos... —intentó justificarse Víctor.

—Te refrescaré la memoria. Vista hoy desde fuera esa fachada parece medieval, como el interior de la catedral, pero en realidad es decimonónica. A los poderes de la época les parecía muy sosa, y lo era: sencilla y escueta, más románica que gótica, un muro frontal con algunas vidrieras y una entrada sobria, sin ornamentación ni campanarios, poco adecuada para el primer templo de una gran ciudad que iba a celebrar la Exposición Universal de 1888. Así que decidieron reconstruirla íntegramente dándole ese tono neogótico entonces de moda en toda Europa. Magnificaron el portal y le añadieron el espectacular cimborrio y las torres laterales con pináculos flamígeros, para imponer una imagen de majestad y poderío. Nuestra catedral da el pego, ¿verdad? Pero, por lo que respecta a los bombardeos, el caso más conocido y más terrible es el de Sant Felip Neri.

—Vengo justamente de esa plaza.

—Habrás visto las erosiones en la fachada de la iglesia.

—Cuando era pequeño mi madre decía que eran resultado de los fusilamientos que habían efectuado allí los rojos durante los años de guerra.

—Pues eso era la historia del revés. Tu madre te engañó, probablemente porque a ella también la habían engañado. En 1938 la aviación italiana lanzó sobre la pequeña plaza un rosario de bombas de doscientos cincuenta kilos. Murieron más de cuarenta personas, entre ellas bastantes niños, que se habían refugiado dentro de la iglesia.

—Qué atrocidad.

—Otra de tantas de aquella contienda. Los aviadores de Mussolini, el gran aliado de Franco, bombardeaban, desde sus trimotores Savoia SM.79, zonas y población civiles, y pusieron a prueba técnicas que después se utilizarían a gran escala durante la Segunda Guerra Mundial.

—La clave entonces es Sant Felip Neri. He de volver allí. Última pregunta: ¿y esa alusión a un rey?

—Me temo que se me escapa... A ningún monarca le han puesto una bomba aquí en Barcelona...

—Bien, mosén, esta conversación me ha sido muy útil, ahora debo irme.

—Sí, pero antes fíjate en esta bellísima custodia que estamos restaurando...

Tras un cuarto de hora de prolijas explicaciones, Víctor se despidió.

—Tienes que venir a verme otro día. Nunca te he hecho el *tour* completo de la catedral, ¿verdad?

—No, mosén, y me encantaría.

Víctor dejó a Bentanachs y el museo catedralicio.

Regresó a la plaza de Sant Felip Neri. La guía a la que había conocido hacía un rato estaba concluyendo allí su recorrido.

—Hasta aquí nuestro paseo. Ya hemos visto que es una zona de la ciudad levantada por las élites en la Edad Media y rehecha por otras élites, las de los siglos XIX y XX, para reafirmar un pasado glorioso. Pero en la propia dialéctica de la historia, unos poderosos derribaron lo que otros construyeron. Vean esta bella plaza: los orificios en la fachada de la iglesia han quedado como recuerdo del bombardeo del fascismo. En ese mismo acto despreciable y violento dos casas enteras desaparecieron: las ven ahora aquí reconstruidas con elementos arquitectónicos tomados de otros lugares de la ciudad, como si nada hubiera ocurrido. Le dan un sabor de época... imprecisa. De hecho, el director de cine Tom Tykwer quiso rodar en estas calles la película *El perfume* porque le pareció el lugar que mejor recordaba... el París insalubre del siglo XVIII. Nada es demasiado exacto, y nadie diría que lo que vemos son falsificaciones. La historia, señores, es un discurso que se puede rehacer según las necesidades de cada momento. Por ejemplo, esta agradable fuente, tan antigua, aquí en medio. ¿De cuándo dirían que es?

—Renacentista —apuntó una octogenaria que se protegía del sol con una sombrilla roja, que hacía la competencia al paraguas de la guía.

—Diría que se trata de una recreación historicista del siglo XIX del estilo gótico tardío —señaló un hombre con barba plateada, chaqueta de lino crudo y sombrero panamá, aspecto de profesor distinguido de vacaciones.

—Pues no, señoras y señores, es una obra del escultor Ros de Ramis inaugurada en 1963. Un contemporáneo de los Beatles. En el Barrio Gótico de Barcelona nada es lo que parece... Y ahora, si se han quedado contentos, pueden dejar en esta gorra su aportación a nuestro *free tour*, y si no les ha gustado, su aportación y sus comentarios.

Víctor esperó a que la guía acabara con la recaudación y se aproximó.

—¿Puedo invitarte a tomar algo?

La guía le contempló con suspicacia.

—¿Quiere ligar? Se le ha pasado el arroz, ¿no le parece?

—Mi arroz, pobrecito, ya es un engrudo. Pero no, quería hablarte de cosas serias.

—De acuerdo. Pero vamos a comer algo sólido, estoy desfallecida después del *tour*.

Se dirigieron al frankfurt Sant Jaume, un clásico junto al Ayuntamiento, donde desde tiempos inmemoriales los funcionarios de los distintos organismos cercanos y los estudiantes de la zona —a los que se habían sumado más recientemente incontables turistas hambrientos— reponían fuerzas con los deliciosos bocadillos calientes ejecutados al momento en la plancha. Tras pedir y obtener los suyos se sentaron en unos taburetes altos junto al ventanal que daba a la plaza.

—Antes no me has explicado tu conexión con la religiosa de la iglesia de Sant Jaume —le soltó con cierta brusquedad Balmoral.

Ella, sorprendida, también pasó al tuteo.

—Tú tampoco me has dicho por qué te has acercado dos veces a mi grupo, en dos momentos diferentes, saltándote toda la explicación intermedia.

—Estoy interesado en algunas cosas que han ocurrido por aquí cerca. Primero te vi por casualidad y me chocó tu parecido con la hermana Eva. Ahora he venido a la plaza Sant Felip Neri porque me la han señalado como una clave imprescindible para algo que estoy investigando.

Eugenia bebió de un trago el café largo que acompañaba su desayuno, y arrancó a explicarse con lo que a Víctor le pareció una actitud que desbordaba determinación y energía.

—Eva y yo somos gemelas. Nuestros padres nos abandonaron al nacer y nos criamos en una casa de acogida cerca de esta plaza; después nos adoptaron dos familias diferentes y hemos crecido separadas.

—¡Caramba! —se extrañó el periodista—. Eso parece una novela de Dickens.

—¿Te parece divertido o pintoresco lo que te explico? —repuso Eugenia, sin ocultar su irritación—. Has sido tú quien ha preguntado.

—Perdona, no quería ofenderte. Soy periodista, me interesa la vida de la gente. Y, últimamente, sobre todo la de esta zona. Pero, por lo que cuentas, vuestro caso es muy especial.

La guía se relajó.

—Sí, es muy posible que lo sea.

—¿Y cómo ha jugado en vuestras vidas ese gran parecido físico?

—Nuestros caracteres, desde luego, no se asemejan en nada: ella es espiritual y bondadosa, yo terrenal y contestataria.

—Las dos, por lo que veo, listas y decididas. Y sinceras.

Eugenia se quedó un momento pensativa.

—Muy amable por tu parte. Las dos, tras nuestra mayoría de edad, hemos querido volver a las calles que nos vieron crecer. Teníamos algún trauma que superar y alguna deuda que saldar. Ella lo ha hecho volcándose en los indigentes, renunciando a cualquier comodidad y llevando al extremo su espíritu de entrega, algo que a mí me parece de un idealismo desmedido, y en buena medida inútil. Yo estudio Historia, la considero un elemento para enderezar el pasado, y la divulgo en mis *tours*. ¿Satisfecho? No sé por qué te estoy contando todo esto.

—En mi profesión constatamos que a casi todo el mundo le gusta explayarse, contar su vida. Basta con preguntar un poco. Pero tú me intrigas. ¿Traumas? ¿Deudas? Qué alusiones tan inquietantes.

—Sí, suenan a culebrón.

—¿Puedes ampliarlo?

—Otro día quizás, nos acabamos de conocer. —Hizo una pausa—. Y tú, dime, ¿quién eres?

—Además de periodista, investigador a ratos, también historiador aficionado... Un hombre en su sesentena que intenta aprovechar el tiempo haciendo cosas que le interesan.

Víctor le preguntó a Eugenia si en las últimas semanas había visto algo llamativo o insólito en el Barrio Gótico; no era el caso.

—Si eres tan culto, ¿qué te han parecido mis explicaciones? —preguntó la joven.

—Las que he escuchado, brillantes, aunque demasiado empañadas por el resentimiento social.

—¿Así llamas a tener sentido de la justicia?

—La historia, y sobre todo la historia cultural, consiste en algo más que las condiciones materiales de quienes la protagonizaron. Hay que valorar la belleza y calidad de las obras de arte y de las edificaciones, calibrar cómo impactaron sobre su público, qué mensaje dejaron a las siguientes generaciones.

—Sí, desde una visión conservadora del mundo no me cabe duda. Pero a mí me gusta la frase: *«When Adam delved and Eve span...»*.

—*«... who was then the gentleman?»*. Cuando Adán araba y Eva hilaba, ¿quién era entonces el gentilhombre? Sabes, ¿verdad?, que es la frase de un sacerdote...

—Pero ¡antisistema! John Ball fue uno de los líderes de la revuelta de los campesinos ingleses del siglo XIV. «Desde el principio todos los hombres, por naturaleza, fueron creados iguales, y nuestra esclavitud o servidumbre se produjo por la injusta opresión de hombres malvados», decía —recitó de memoria la joven—. Vale para la Edad Media y vale para nuestro tiempo. Hay que tomar nota de esa lección y obrar en consecuencia.

—Siempre hay un cura en las grandes estructuras de poder, y un cura en los grandes movimientos revolucionarios. Ésta es una de las razones por las que la Iglesia ha seguido existiendo a lo largo de los siglos.

—A veces el pueblo sabe tomarse la justicia por su mano. ¿Me acompañas?

—¡Claro!

Rodearon la catedral y fueron a parar a la plaza del Rei. Se sentaron en la terracita que se despliega junto a una estatua de Eduardo Chillida.

—Espléndido escenario, ¿verdad? Dime, si te preguntaran qué incógnita guarda el Barrio Gótico, ¿qué les dirías?

—Pues les hablaría de esta plaza. Un nuevo homenaje a las ilusiones perdidas y a la falsedad histórica.

—¿Por qué?

—¿Ves esas escaleras de piedra enfrente de nosotros?

—Cómo no.

—Pues ahí pudo cambiar para siempre la historia de España. Pero no ocurrió. Gracias a un collar.

—Me interesa. Cuéntamelo.

EL MISTERIO DEL ATENTADO CONTRA FERNANDO EL CATÓLICO

—Estamos frente a lo que fue el Palacio Real Mayor, el verdadero corazón del Barrio Gótico —señaló Eugenia—. Era la joya de la Corona de Aragón, su espacio más conocido y famoso. En sus salones convocó Corte el rey Jaime I, llamado «el Conquistador», para preparar la invasión de Mallorca, y en ellos también contrajo matrimonio con Violante de Hungría. Su nieto Jaime II hizo construir el gran salón del Tinell. Era una época de prosperidad, las inmediaciones del palacio estaban llenas de vendedores, y dentro del edificio incluso había agua corriente.

—Todo un privilegio.

—Otro monarca posterior de la casa de Barcelona, Pedro el Ceremonioso, consultaba a sus astrólogos cuáles eran los mejores momentos para hacer obras.

—Y el palacio domina toda esta área urbana.

—Cuando se inicia la construcción de la catedral gótica en la primera mitad del siglo XIV, todo el entorno sufrió un cambio radical y quedaron demolidos varios edificios. Hay otro motivo, dramático, de cambio urbanístico: la destrucción del Call.

—¿Del barrio judío? ¿Eso ocurrió en Barcelona? —preguntó Víctor.

—Sí, la ciudad contaba con una colonia judía muy asentada de la que formaban parte figuras eminentes como Salomón Ben Adret, que dirigía la academia talmúdica de Barcelona y prestaba dinero al rey Jaime I, o el rabino y jurista Samuel ben Isaac ha-Sardí. Los pogromos contra los judíos se inician en 1391, muchas de sus casas quedan vacías y la propiedad de esta zona se transforma. Hay cosas que no cambian, la humanidad da asco.

—Eso no me lo contaron en mi infancia cuando me traían de visita por estas calles. ¿Qué provocó los pogromos?

—Fanáticos religiosos movieron a una población descontenta con las condiciones económicas del momento. Se desató la violencia contra la judería y murieron asesinadas trescientas personas. Al iniciarse los alborotos el Consejo de Ciento de la ciudad organizó la protección del barrio, pero no sirvió de nada, aunque numerosos judíos se convirtieron al cristianismo para salvar la vida. El orden fue restablecido, los sucesos investigados y algunos de sus responsables ahorcados, pero finalmente en 1401 se prohibió el restablecimiento de la comunidad judía en Barcelona. Es decir, se culpó a las víctimas en vez de a los verdugos, y el rey no permitió que volvieran a las áreas donde solían vivir. En fin, en 1478 se restablecía en la Corona de Aragón la Inquisición, que había permanecido inactiva durante dos siglos. La historia, maestra de la injusticia.

—Conviene recordar, para avergonzarnos de la condición humana y atenuar nuestra soberbia —sentenció, serio, el periodista.

—Probablemente el Palacio Real Mayor llega a su esplendor con Martín el Humano, llamado así por el carácter bondadoso que al parecer le distinguía. Martín se hizo adecuar un estudio y una habitación para su uso particular, transformó uno de los patios en vergel, plantó naranjos, limoneros, cerezos, melocotoneros, mirtos... Un ecologista *avant la lettre.* Para adornarlo hizo traer columnas y mármoles de Sicilia. Lo llenó de pájaros y peces, y mandó instalar una esfera para ver el firmamento. También construyó un mirador, que frecuentaba mucho en sus ratos de ocio, esa torre que está frente a nosotros, aunque lo que vemos ahora es una reforma posterior a su muerte.

—Es elegante, con la galería y esa sucesión de ventanas. —Se detuvo un momento a contarlas—. ¡Siete por piso, como los días de la semana y los pecados capitales! Una construcción racional y escueta, digna de un cuadro de De Chirico.

—Ya veo que eres muy ilustrado. —Víctor encajó el sarcasmo—. A mí me parece inquietante, cumplía funciones de torre de vigilancia sobre la ciudadanía. Y, tratándose de un edificio tan alto para la época, cuesta pensar que no lo utilizaran de tanto en tanto los desesperados para acabar con sus sufrimientos. O los asesinos para ejecutar sus crímenes.

—Qué pensamiento tan tétrico.

—El rey Martín hizo ensanchar la plaza frente al palacio para que se celebraran torneos. No podía participar por su salud endeble, pero le gustaba mucho contemplarlos. Muy listo, ¿verdad? Dejaba que fueran otros quienes murieran o se hirieran.

—Y falleció sin descendencia, algo reprochable para cualquier monarca, que tiene entre sus principales objetivos la continuidad de la dinastía.

—Sí. Tras su muerte la Corona de Aragón pasa por sucesivas cabezas hasta acabar recalando en la de Fernando el Católico. Con el ambicioso Fernando, y tras su matrimonio con Isabel de Castilla, esta Corona se integra en la monarquía hispánica, y distintos espacios del Palacio Real Mayor se convierten en sedes de organismos oficiales, como la Audiencia, y se va segmentando. En la antigua y preciosa capilla real, sucesivas reformas la hicieron irreconocible, hasta que en los años treinta del siglo XX se limpian sus paredes y reaparece la magnífica estructura gótica.

—Es cuando da comienzo la reinvención del barrio.

—Tras los duros años de la guerra civil española, el arquitecto Adolfo Florensa, una figura clave, quiso reconstruir el palacio siguiendo su visión historicista, en la línea del influyente arquitecto francés Eugène Emmanuel Viollet-le-Duc, el restaurador de Notre-Dame y de Carcasona, que ya había inspirado la reforma de la catedral. De un edificio determinado que había tenido una larga historia, como era este caso, en el que se superponían distintos estilos y modalidades, se escogía el que parecía más identitario y se reconstruía en esa clave.

—Algo así es lo que se decía que les pasaba a los fallecidos que iban a parar al paraíso, que físicamente aparecían en el momento de su máximo esplendor.

—Algo parecido. Florensa quiso fijar la reconstrucción del palacio en el momento de Martín el Humano, a quien se debe, como te decía, la torre que corona la plaza, el corredor superior y hasta un oratorio privado elevado para que pudiera asistir a misa durante una de sus enfermedades. Fue el último rey de Aragón y conde de Barcelona que residió de forma permanente entre sus paredes, ya que sus sucesores lo hicieron de modo mucho más intermitente.

Sonó el móvil de la guía.

—Sí, mañana, quince personas, a las doce frente al Ayuntamiento. Perdona, ¿dónde estábamos?

—Perdona tú, ¿sabes de algún lavabo por aquí?

—Si entras en el museo de la Casa Padellàs te dejarán utilizarlo.

—Ahora vuelvo.

Balmoral fue, y reapareció al cabo de unos minutos.

—¿Y qué me puedes contar —reencarriló la charla

Víctor— sobre ese intento de magnicidio que según tú podría haber cambiado la historia de España?

—Oh, es un hecho interesante. Tuvo lugar el 7 de diciembre de 1492. Al salir de una audiencia en el Palacio Real Mayor, a Fernando el Católico le atacó un hombre armado con un *coltell*, una especie de cuchillo largo. El rey, de cuarenta años, cayó al suelo cubierto de sangre mientras gritaba «¡Oh, Santa María, valme! ¡Oh, qué traición!». Qué bonito, ¿verdad? Pero la herida no era mortal, ya que el golpe lo había detenido en buena parte el collar del Toisón de Oro que lucía, hecho no sólo de oro, sino también de esmalte y piedras preciosas. Sin embargo, el magnicida le había roto la clavícula, y Fernando necesitó reposo varias semanas.

—¡Ésta es la alusión al rey que buscaba! —exclamó Balmoral poniéndose de pie.

—¿A qué te refieres?

—A un mensaje que estoy intentando descifrar. Pero sigue, por favor, con el atentado que sufrió Fernando.

—Antes necesito un chute de azúcar después de la potente salchicha con mostaza que nos hemos bajado. Ven conmigo.

Descendieron por la Baixada de la Llibreteria hasta la plaza del Àngel, toda ella en obras, donde la guía introdujo al periodista en un comercio cuya fachada de vieja madera y amplias cristaleras, con un escaparate cargado de dulces delicias, prometía una visita grata.

—Ésta es la pastelería La Colmena, una de las más antiguas de la ciudad. Cuando en mis *tours* paseo a gente que me cae simpática, al final los traigo aquí —explicó Eugenia.

—La conozco, de niño venía con mis padres. ¿Y qué quieres que comamos?

—La duda ofende. Un *xuixo.*

Entre las especialidades de la histórica bombonería-pastelería estaba ese dulce de forma cilíndrica, con oscura masa fina azucarada por fuera y exquisita crema por dentro.

La guía y el periodista volvieron a la calle enarbolando cada uno el suyo, medio envuelto en una servilleta de papel.

—¿Sabes que mi médico y mis amigos me dicen que si hay algo que debo evitar en mi alimentación es sobre todo el azúcar? —dijo Víctor antes de pegarle un buen mordisco a su *xuixo.*

—Veo que eres muy obediente. Yo aún no he llegado a esa fase —señaló Eugenia atacando el suyo.

—¿Me sigues explicando el contexto y las consecuencias del atentado al rey Fernando? —añadió el periodista mientras se sacudía el azúcar que había quedado sobre su camisa.

—El agresor, Juan de Canyamars, oriundo de ese enclave del Maresme, era un payés de remensa, es decir, algo así como un siervo de la gleba. Detenido por la guardia personal de Fernando, fue interrogado bajo tortura por la Inquisición. Aseguró haber actuado solo; dijo primero que el diablo le había pedido que matara al rey para ocupar su puesto; luego que le había inspirado su acción el Espíritu Santo. Se negó a arrepentirse hasta que la reina Isabel le envió un confesor y entonces pidió disculpas. Los reyes le dieron su perdón, no en vano eran tan católicos, pero cuando se hubieron marchado de

Barcelona las autoridades condenaron al agresor a una muerte especialmente cruel: lo subieron a un carro y, en distintos lugares de la ciudad, el verdugo le fue mutilando diferentes partes de su cuerpo: manos, brazos, ojos, hasta que por último se le extrajo el corazón. Ni gritó ni se quejó. Fue, comenta el cronista Pere Miquel Carbonell, como si torturaran a una piedra. Un séquito de ciudadanos, *«gran avalot de fadrins e gent jove»*, según se escribió entonces, iba tras el vehículo celebrando el troceo del condenado; sin duda era un buen espectáculo de época. Con sus restos hicieron una hoguera. Todo muy gore, realmente.

—¡Qué brutos! ¿Qué llevó al tal Canyamars a actuar así?

—Nunca se supo, sigue siendo una incógnita. Al principio se dijo que era un chalado, sin más. Luego surgieron teorías de la conspiración: en la Cataluña de entonces los remensas se habían enfrentado en varias ocasiones a los señores feudales para combatir sus «malos usos», aquella situación de semiesclavismo característica. La monarquía había apoyado a los primeros para debilitar a los segundos, hasta conseguir la Sentencia Arbitral de Guadalupe, que permitía a los remensas comprar su libertad. Pero esta sentencia sólo la pudo aprovechar una parte del colectivo, los más acaudalados, y el sector radical quedó dolido con el rey por haberlos dejado excluidos en la práctica.

—¿Una venganza, una trama?

—Tal vez.

—¿Qué ocurrió con Fernando?

—Como te digo, estuvo mal y con fiebre varios días, y en algún momento le trasladaron al monasterio de San

Jerónimo de la Murtra, en el término de lo que hoy es Badalona, donde estuvo reposando y disfrutando del aire limpio (el de la ciudad en aquella época no era muy sano). Allí posiblemente es donde recibió a Cristóbal Colón.

—Creía que esa recepción había tenido lugar en el salón del Tinell del Palacio Real. Así aparece en algunos cuadros.

—Se trata de un tema que todavía se debate. Es sabido que Colón, al regreso de su primer viaje a América, fue a rendir sus respetos a quienes habían sido sus principales patrocinadores, los Reyes Católicos. Vino con un cargamento de riquezas de ultramar y también con algunos pobres nativos, que habían sido capturados e «invitados» a acompañarle. Ese momento, efectivamente, se ha pintado y reproducido infinidad de veces, y uno de los escenarios posibles lo constituyen estas escaleras del palacio donde Fernando fue apuñalado. Pero otra posibilidad es que lo hubieran recibido en el monasterio donde se recuperaba. Los historiadores no se ponen de acuerdo.

—¿Por qué dices que este ataque podría haber cambiado la historia de España?

—Porque de haber muerto Fernando la unión de reinos, discutidísima tanto en Aragón como en Castilla, muy posiblemente se hubiera deshecho, ya que se trataba de un empeño personal suyo, una idea heredada de su padre que consiguió transmitir a su mujer, Isabel. Y quizás hoy seguirían siendo países separados, como lo es Portugal. Con lo que ni el Imperio español ni la expansión americana hubieran podido desarrollarse, al menos como se desarrollaron.

—La suerte estuvo de su lado.

—Los propagandistas monárquicos consideraron que había algo más que suerte, e hicieron circular la idea de la intervención de la Providencia, que habría protegido al rey consolidando su destino y su proyecto.

—Y lo que vemos ahora, ¿es lo que veía Fernando en su visita a la ciudad?

—Quedan del conjunto del Palacio Real Mayor, en esta plaza, dos edificios: el salón del Tinell con la capilla de Santa Ágata y la torre-mirador del rey Martín, y el Palacio del Lugarteniente. Este Palacio del Lugarteniente, o del Virrey, acogió mucho tiempo el Archivo de la Corona de Aragón, uno de los fondos medievales más ricos y nutridos de Europa.

—Algunos de mi curso aún pudieron estudiar allí.

—Un sitio maravilloso; ahora los documentos que albergaba se guardan en un edificio moderno sin alma en otra zona de la ciudad. En la calle de detrás está el Museo Marès. La construcción que vemos junto al Tinell, la Casa Clariana-Padellàs, que alberga el Museo de Historia de la Ciudad cuyo lavabo has utilizado, se hallaba originalmente en la cercana calle Montcada y fue derribada en 1925. Sus piedras se numeraron y se trasladaron aquí. Debajo hay una parte de la ciudad romana. El Barrio Gótico es todo él una gran suma acumulativa de construcciones, destrucciones y recuperaciones. Un enorme *fake*.

Balmoral le dio las gracias.

—Entre el *tour* y la charla privada me has dado una explicación completísima. De cosas que no sabía, o sabía a medias, o sabía mal. Eres una divulgadora excelente. Y también me has brindado un recorrido gastronómico.

Creo que tengo que pagarte por tu trabajo, como si fuera uno más de los que se han apuntado a viajar contigo en el tiempo esta mañana.

—Te lo acepto, la vida de un profesional independiente es cada vez más dura.

Balmoral le pasó con discreción un billete de cincuenta euros.

—Bien, me parece que ya he hecho la mañana, manutención incluida. Ha sido un placer —se despidió ella.

—Eres una persona con mucho brío. Sospecho que volveremos a vernos. Me queda mucho por saber de estas calles y de sus habitantes —dijo él.

Volviendo a casa reapareció Tomàs Riquelme.

—¡Fascinante mujer! Me refiero a la guía, claro.

—Apasionada, con una vida muy poco corriente. Y también exaltada. Quién fuera joven como ella.

—Su discurso —señaló el espectro— me recuerda el de nuestros profesores en la Autónoma. Con esa pulsión igualitaria, tan radical.

—Sí, que acaba igualándolo todo... por abajo. Y ese idealismo tenso e inconmovible, tan admirable, tan cargado parcialmente de razón, pero que te permite imaginar también a la persona que lo enarbola estirando la cuerda de la guillotina que cae sobre el cuello de quienes no comparten sus esperanzados argumentos. Sin embargo, ella resulta más que simpática a pesar de sus propias pulsiones.

—La historia de la humanidad, cuanto más profundizas en ella, más asquerosa resulta. Y, además, ella da caña a todos los falsarios gentrificadores del barrio. Me fascina que seas tan carcamal y que hagas una lectura ideológica negativa de una chica guapa y brillante.

—También su hermana lo es. Y en cambio la mueven otros motivos muy diferentes.

—Tendrías que invitarla a cenar.

—Venga, desaparece.

—Por cierto, lo de tu próstata deberías arreglarlo.

—Oye, ¡¿de qué vas?! —reaccionó Balmoral ante la impertinencia.

—Voy de que me parecen sospechosas tus urgentes y continuadas preguntas por el lavabo.

—El urólogo me ha diagnosticado hiperplasia benigna. Puedo controlarla con medicación. Es molesto, pero no necesito pasar por el quirófano.

—Tú verás lo que haces. Sólo te va a ir a peor.

—Dime, Tomàs, ¿los fantasmas hacéis pis?

Al llegar a casa encontró la tercera carta en el buzón:

Una silla frailera para meditar sobre la napolitana y la alevosía.

—Al menos éste parece un mensaje poco amenazante..., aunque eso de la alevosía... A saber qué indica, o qué revela —suspiró.

CAPÍTULO CUARTO

Desde el estallido de la pandemia, Mariflor Juvellanchs, presidenta de la Real Academia de Buenas Letras, había introducido la costumbre de dejar abiertas todas las ventanas de la institución, hiciera el tiempo que hiciera. Así que era frecuente oír golpes y crujidos a todas horas, a veces acompañados de un ruido de vidrios rotos.

—Esta mujer —le dijo a Víctor Arcadi Flo, secretario de la institución—, esta mujer nos va a enviar a todos al hospital con pulmonía. Y son cristales emplomados, cada arreglo cuesta una fortuna.

Mientras los presidentes rotaban cada cuatro años entre el *numerus clausus* de académicos que componían la veterana institución humanista, Arcadi constituía la presencia inamovible. Llevaba más de treinta años en la casa, desde que le contratara el gran Martín de Riquer, historiador laureadísimo y el hombre que con su esfuerzo, sus contactos y sus propios recursos había hecho posible que la centenaria academia se pusiera al día, restaurada y dispuesta a acabar bien el siglo XX y afrontar el XXI.

—Mariflor te está esperando en el despacho de Riquer —le dijo—. Tiene algunas ideas de bombero y un problema que te quiere comentar.

—Te veo muy crítico, Arcadi.

—Cuando lleves tanto tiempo en esta casa y hayas visto desfilar por su presidencia a grandes figuras como yo he visto, aquellos sabios que imponían, presentes en todas las grandes ceremonias institucionales de la ciudad, te darás cuenta de que es un puesto para un importante humanista y no para una ejecutiva con buenas intenciones.

—La profesora Juvellanchs es una académica respetada, además de la primera mujer que ocupa el cargo.

El secretario hizo una mueca y salió del lugar.

Martín de Riquer fue un sabio de admirable productividad. Cuando murió en 2013, a los noventa y nueve años, dejaba más de trescientas publicaciones dedicadas al análisis literario e histórico, especialmente del periodo medieval. Y pudo hacerlo, entre otras razones, porque era un hombre bien organizado.

Algo que se aprecia en su mesa de trabajo con forma curva y dos pisos para distribuir textos y documentos, junto con sus gafas, su portapipas y el mapamundi. La silla giratoria le permitía volverse con rapidez de la mesa a la biblioteca, en dos de cuyos estantes tenía fijadas sendas máquinas de escribir Olivetti.

En aquellos años anteriores a la informática, el historiador y filólogo iba redactando en una de las máquinas, con una sola mano (había perdido el brazo derecho en la guerra civil española), el texto principal de lo que estuviera trabajando. Y la segunda máquina la dedicaba a teclear únicamente las notas a pie de página.

Este despacho que utilizaba Riquer en su casa de la calle Rosario se halla ahora instalado en Buenas Letras, la academia que presidió durante treinta años. Un segundo hogar para él. La cámara de trabajo del autor de *Los trovadores* se ha reproducido en uno de sus lugares favoritos, la torre de la muralla romana. Trabajar amparado por muros con dos mil años, dicen, le estimulaba.

La sala alberga también, colgados en uno de los muros, los retratos de los últimos presidentes de la institución, y en otro, el de una bella mujer. Cuando entró Víctor, la presidenta estaba absorta contemplándolo. Sobre la superficie del lienzo, alguien había cruzado dos trazos gruesos de pintura roja, formando un aspa.

—Estoy indignada —le dijo—. ¿Has visto?

—¿Qué ha ocurrido?

—Alguien ha entrado y ha vandalizado esta pintura.

—¿Cuándo?

—Ayer noche hubo un gran evento de Medievalia. Una recepción para una empresa tecnológica japonesa, vinieron más de ciento cincuenta personas. Como suele ocurrir con estas fiestas, nos pidieron utilizar la sala de actos y acceso libre a la planta baja. De modo que ayer pasaron por la Academia, sin restricciones, muchas personas. Una de ellas hizo esto.

—En los últimos tiempos distintos grupúsculos han agredido obras de arte en museos de todo el mundo para denunciar cosas muy variopintas, desde el sexismo de las instituciones hasta los desmanes antiecológicos. ¿Crees que puede tratarse de un caso similar? ¿Hay algún mensaje en este retrato que pueda provocar el deseo de cancelación?

Mariflor era una experta en la iconología del poder renacentista y le gustaba impartir cátedra.

—No lo sé. Esta Isabel... Se trata de un fascinante personaje, ¿verdad? Una mujer influyente, una esposa desdichada y codiciada, un retrato icónico que sirvió como ofrenda política. Realmente no sé a quién puede ofender.

—Aunque he visto varias veces el cuadro, mis nociones sobre su figura son muy vagas.

—¿Tienes un momento? Siéntate y te explico. Es un cuadro con incógnitas.

EL MISTERIO DEL RETRATO DE ISABEL DE REQUESENS

—Hacia 1518 —tomó aliento la presidenta— Isabel de Requesens, condesa de Palamós, posó para el gran Rafael y su discípulo Giulio Romano en calidad de virreina de Nápoles.

—La napolitana... —musitó Víctor.

—¿Qué dices?

—Nada, sigue, presidenta...

—Ella era hija de Galcerán de Requesens, almirante de la flota de los Reyes Católicos, que pertenecía a una de las familias más ricas e influyentes de la Corona de Aragón, y de Beatriz Enríquez, prima del rey Fernando. Huérfana desde los ocho años y muy acaudalada, se casó con su primo hermano Ramón Folch de Cardona, duque de Soma, casi treinta años mayor que ella. Un gran militar de confianza soberana a quien el Católico, del que se decía era hijo ilegítimo, nombró virrey de Nápoles. Para allí se fueron ambos, y presidieron una corte refinada y fastuosa. Según Giorgio Vasari, el biógrafo de los artistas del Renacimiento, Rafael pintó el rostro de Isabel, y Giulio Romano, el resto. El cuadro está en el Museo del Louvre, y han circulado numerosas copias por toda Europa. La que ves aquí fue realizada en 2004 por Antonio Barón, un reputado copista de las obras maestras del Prado.

—Una mujer muy bella. Y enigmática. ¡Qué vergüenza este atentado!

—Bella y enigmática, en efecto. Por eso la pintaron. El cardenal Bernardo Dovizi, uno de aquellos clérigos amantes del arte, protector de Rafael, hombre influyente del entorno vaticano y favorable a los intereses españoles, quería regalarle en nombre del Papa un retrato femenino al belicoso rey de Francia, Francisco I, a quien había tratado. Al parecer Su Majestad de la Galia, hombre culto y enérgico, ya estaba un poco cansado de la pintura religiosa. España era entonces una aliada del papado, así que nadie mejor para ser retratada que la virreina española, ya famosa por su atractivo y cantada por los poetas locales. Su maduro marido la engañaba con otra bella de la corte —Eleonora Broga, llamada «la Brognina»—, e Isabel se dejaba cortejar por los artistas a los que protegía y por algún personaje de más alta alcurnia.

—Despertaba pasiones.

—Y tanto. Pero era prudente. Cuentan que quedó prendado de ella el condotiero Fernando de Ávalos, marqués de Pescara, que estaba casado con la famosa Vittoria Colonna, poetisa y protectora de Miguel Ángel. En una recepción Fernando osó deslizar por el escote de Isabel un collar de perlas y piedras preciosas. Isabel hizo enviar el collar al día siguiente a la mujer del marqués. Un escritor anónimo, en un manuscrito conservado en la Biblioteca Nacional de Nápoles, califica a la virreina de *«bella fra belle e delle belle in cima»*.

—La más bella de las bellas.

—En el momento del retrato tiene dieciocho años, viste un llamativo vestido rojo (el color del poder), hecho de terciopelo, seda y brocado, luce boina y tocado con joyas. Posa mirando al espectador, con un fondo de arquitectura clásica y paisaje rural idílico. El pintor aplica *sfumato* en el rostro, a la manera de Leonardo da Vinci. El cuadro resultante es un compendio de las virtudes pictóricas del Renacimiento italiano: combina el parecido con la modelo y la voluntad de plasmar una idealizada belleza perfecta. Y quizás por todo ello ha sido tan difundido, hay reproducciones en la Colección Real británica, en la galería Doria-Pamphili de Roma y en otros museos de increíble renombre. Se trata posiblemente del más célebre retrato femenino renacentista después de la Mona Lisa.

—¿Y por qué la autoría compartida?

—Es probable que Rafael enviase a Nápoles a Giulio Romano para iniciar la obra y él se reservase el rostro y la culminase en su taller. Esta copia que ves y que ha sido atacada la encargó y donó un mecenas a nuestra academia. Pero su valor económico es mínimo.

—¿Y qué pasó con Isabel tras el retrato?

—Enviudó en 1522, a los veintidós años, y permaneció en Nápoles hasta su muerte una década después. Fue enterrada en esa ciudad. No sabemos la causa de su defunción. Seguramente envenenada, claro. Demasiado atractiva y demasiado poderosa.

—¿Y cuál es el misterio?

—¿Aparte de por qué ha sido atacada? El misterio de la identidad.

—¿A qué te refieres, Mariflor?

La presidenta respiró hondo antes de seguir con su narración.

—Fallecidos todos los implicados en el retrato (el comitente, la modelo, el rey), la identidad de la mujer se difuminó de un modo semejante a como le había sucedido a su rostro con el *sfumato* rafaelesco. El cuadro constaba en el catálogo del Louvre como *La virreina de Nápoles.* A principios del siglo XIX un estudioso alemán del divino Rafael, Johann David Passavant, la señaló como Juana de Aragón, nombre que llevaron en la Baja Edad Media varias mujeres de poder de origen español. Y así quedó consignada durante casi doscientos años. Pero el profesor suizo Michael P. Fritz, que lo considera *«le plus grand portrait de femme jamais peint alors»*, desmontó esa atribución y dirigió la atención hacia nuestra Isabel de Requesens en un estudio publicado en 1997, que ya nadie ha desmentido. Pero ¿estamos ahora realmente seguros? ¿Por qué el error en su identificación durante tantos siglos?

Se abrió la puerta del despacho y entró como un tornado el secretario de la Academia.

—No hacía falta que llamaras, Arcadi, gracias.

El secretario no se alteró.

—Perdonad la interrupción. Son los de Medievalia

otra vez, piden el palacio para el próximo domingo, tienen un evento de una marca de moda italiana. Pagan bien.

—Supongo que tendremos que aceptar, pero diles que esta vez su gente vigile. ¡Por culpa de su desidia casi destrozan nuestro cuadro! —se alteró Juvellanchs—. Otro percance como éste y no volveremos a colaborar con ellos.

—Ya nos gustaría poder hacerlo. Gracias, presidenta —dijo Arcadi, y abandonó la escena con tanta celeridad como había irrumpido en ella.

Víctor retomó la conversación.

—¿Y cómo conecta, Mariflor, la historia de Isabel de Requesens con la de este edificio?

—Porque es el palacio familiar de una dinastía que marca época. Una prima de Isabel, Estefanía de Requesens, protegió a Ignacio de Loyola durante sus andanzas barcelonesas y se casó con Juan de Zúñiga, hombre de confianza del emperador Carlos I. Ambos tutelaron varios años la educación de Felipe II, de quien se hizo íntimo su hijo Luis de Requesens, futuro protagonista de la batalla de Lepanto junto a don Juan de Austria, gobernador de Flandes y embajador ante la Santa Sede. Los Requesens son el mejor ejemplo del protagonismo de la alta nobleza catalana en los años de auge del Imperio español.

—Pero el palacio, por lo que sé, no guardó su memoria más que en el nombre, ¿verdad?

—Un hijo de Isabel lo vendió a un comerciante rico, y a lo largo de los siglos el edificio se fue deteriorando. Acabó siendo propiedad del Gobierno español, que cedió el palacio a la Academia en 1917.

—Estaba hecho polvo, según tengo entendido.

—Cuando entraron los académicos se caía a trozos. Antes de la Guerra Civil se restauró la fachada y se añadieron elementos procedentes de otros edificios derribados por la apertura de la Via Laietana, como las ventanas lobuladas.

—Y tras la contienda —apuntó Víctor— el arquitecto municipal, Adolfo Florensa, el admirador de Viollet-le-Duc, completó su aspecto medievalizante y añadió una logia sobre el arco de la muralla que permite contemplar la calle. ¿Me equivoco?

—Aprobado —dijo la presidenta—. Tiene aura. Este edificio tiene aura. Se ha utilizado para el rodaje de varias películas de tema medieval. Los visitantes siempre quedan sorprendidos. Precisamente por eso te quiero comentar algunas cosas más. Hagamos una pausa. ¿Quieres un café?

En su campaña de modernización paulatina de la Academia, Mariflor no había descuidado algunos detalles menores. Uno de los primeros fue instalar una máquina Nespresso y equiparla con las preceptivas cápsulas y sobrecitos de leche en polvo. Sirvió un cortado a Balmoral, se puso un café largo y continuó.

—Has oído hablar de Severo Vitale, ¿verdad?

—¿No es el promotor de las obras de aquí al lado?

—Sí, él impulsa el proyecto del Palacio Sallerich. Me vino a ver el otro día. Está al tanto de nuestros apuros económicos.

—¿Cómo se ha enterado?

—Da igual, aquí las noticias vuelan. Me ofrece una colaboración que te resumo: nos ayuda a reformar y poner al día todo el edificio y nos paga un dinero. A cambio se queda el tercer piso, para sus oficinas, y compartiremos el tejado y la torre. Creará una entrada independiente para que nuestras actividades y las suyas no interfieran.

—Pero perdemos muchos metros de archivo y bibliotecas...

—Que no necesitamos y podemos reubicar en la segunda planta.

—Y dejamos que un promotor privado entre en estas instalaciones.

—Como subrogado de la cesión que nos ha hecho la Generalitat, que es la actual propietaria como sabes.

—No lo veo muy claro. ¿Qué dice Arnau Sala?

—Nuestro jurista lo ve viable.

—Aunque quizás no deseable.

—Tenemos que decidirlo entre todos. Tal vez es una oportunidad única para poner al día esta casa, que no cumple ninguno de los requisitos de un edificio catalogado. No cumplimos las medidas contra incendios, ni de accesibilidad, ni tenemos un tendido eléctrico en condiciones, y cada vez que clavamos un clavo hay que pedir permiso. Necesitamos una buena inyección económica. Mañana vendrá Vitale, me gustaría que estuvieras. Y otra cosa, recibiste unas cartas un poco extrañas, ¿verdad?

—Veo que Arcadi ya te ha puesto al día.

—Ayer pasó por aquí Lorenzo Luján, el director del Museo Marès. También ha recibido alguna, en su caso —añadió— bastante amenazadora. Lo que te ha pasado a ti le está ocurriendo también a Lorenzo.

—Debe de ser por eso por lo que me ha telefoneado. Tengo una cita ahora con él. Mariflor, ¿vas a denunciar a la policía la agresión al cuadro?

—Vamos a pensarlo. En medio de esta negociación no sé si es buen momento. Mañana, de cara a la reunión con Vitale, creo que evitaremos el tema. Por ahora hemos hablado con los japoneses de la fiesta de ayer; tras ser severamente aleccionados —la presidenta sonrió— dicen que asumirán los gastos de restauración.

Se oyó un estrépito de vidrios rotos.

—¡Presidenta! Otra vez la ventana. —Era Arcadi Flo elevando la voz cansada.

Mariflor y Víctor salieron atravesando la sala de juntas.

—Vamos a tener que restaurar estas sillas frailunas, están que se caen —dijo la historiadora pasando la mano por uno de los ajados respaldos.

—¿Por qué se llaman «frailunas»? —preguntó el periodista, de pronto iluminado.

—Frailunos o fraileras, estas sillas de brazos con asiento y respaldo de cuero, habitualmente repujado con imágenes geométricas, son las que se utilizaban en numerosos conventos en la España del Siglo de Oro. Dan un toque serio y austero a nuestras reuniones, ¿no te parece?

—¡Es la clave que me faltaba!

—Ven, acompáñame —susurró la presidenta—, te voy a enseñar una cosa.

Víctor siguió a Mariflor a través del laberíntico interior del Palacio Requesens hasta la terraza del edificio, a la que accedieron por una pequeña puerta situada al final de las escaleras del tercer piso.

—¿Ves algo nuevo?

El periodista no escondió su sorpresa.

—¡Has ajardinado el suelo!

Aquella superficie, tradicionalmente deteriorada y grisácea, restallaba ahora de verde artificial. Juvellanchs sonreía orgullosa.

—Lo hemos cubierto de césped sintético. Vamos a recuperar este espacio para las ocasiones importantes, y en primavera y verano celebraremos reuniones aquí, con este panorama espectacular.

La terraza ofrecía una vista de casi trescientos sesenta grados sobre la ciudad antigua, en la que resaltaban las torres y pináculos de la catedral, los de la iglesia de Santa María del Mar, el mirador de Martín el Humano... La memoria medieval que hacía soñar a barceloneses y turistas y que fundamentaba el Barrio Gótico.

—Impresionante, ¿verdad? Estar en el centro de esta zona tan mágica es uno de los privilegios que hacen de nuestra Academia un lugar único —se extasió la presidenta—. El reto de intentar ponerla al día vale la pena.

—¡Un reto imprescindible! —la animó Víctor.

Mariflor señaló la torre que se alzaba en uno de los extremos, continuación de la que algunos pisos más abajo albergaba el despacho de Riquer con el cuadro agredido.

—Sabes lo que hay dentro, ¿verdad?

—La colección completa del *Diario de Barcelona.* Doscientos años del que fue decano de la prensa europea.

—También quiero rehabilitar el interior de este espacio, digitalizar nuestra colección y colgarla en nuestra web. Y son sólo dos detalles. Hay mucho que hacer en este edificio y en esta institución. Por eso necesitamos a Medievalia y por eso necesitamos a Vitale.

La Bona Farina es una cadena de panaderías y comida rápida con establecimientos repartidos por toda la ciudad. También la calle Ferran cuenta con uno. Al pasar a su altura, Víctor fue testigo de una escena de cierta violencia. La joven encargada estaba discutiendo con una anciana de pequeña estatura, con melena corta blanca, americana de piquitos marrones, pantalones a cuadros, *foulards* y bufandas.

—¡He llamado a la policía! ¡Quiero que se vaya ahora mismo! —le gritaba la dependienta.

Y la señora, volviéndose hacia Víctor y hacia los clientes que contemplaban la escena:

—Yo consumo y no molesto a nadie. No tengo por qué irme.

También la dependienta se volvió hacia el improvisado público:

—Esta señora cada día se instala en una mesa de la entrada, cargada de bolsas y comiendo su propia comida, y huele mal. Los clientes y nosotros no tenemos por qué aguantarlo.

—¡Yo no huelo mal!

Víctor se apiadó. Se acercó a la dependienta y le dio dos billetes de veinte euros.

—Tenga. Uno para pagarle un desayuno a esta señora, otro a usted por las molestias.

La joven le devolvió, con ademán digno, uno de los billetes.

—Señor, aquí ya me pagan por mi trabajo. Le haré a ella una bolsa con un paquete de desayuno, pero si no se va dentro de cinco minutos se la llevará la policía.

—Eso si vienen —intervino una clienta mientras introducía su *croissant* en una taza de chocolate.

—Que no vendrán —se hizo eco la amiga con la que compartía mesa—. La policía está demasiado atareada complicando el tráfico de la ciudad como para arreglar los problemas del barrio antiguo.

La anciana que había originado el incidente se aproximó al periodista.

—Muchas gracias, amigo. Es usted un caballero. Si visita a menudo esta zona seguro que nos iremos encontrando. Yo ya formo parte del paisaje.

Empezó a recoger sus bártulos ante la mirada furibunda de la encargada de La Bona Farina. Y añadió:

—Me llamo Ramona. Ramona Bilbeny.

Salieron juntos y, ya en la calle, una tercera persona se aproximó a la pareja.

—¡Hola, hermana Eva! —saludó la sintecho.

—Buenos días a los dos —saludó la religiosa—. Qué pequeño es el mundo. ¿Ya se han conocido? Víctor, me quedé con ganas de hablar más contigo, ¿por qué no vienes a verme un rato a la iglesia?

El edificio del actual Museo Marès también había formado parte en su día del Palacio Real Mayor de los reyes de Aragón. Troceado y fragmentado éste en época renacentista, el arquitecto municipal Florensa lo monumentalizó en la posguerra siguiendo el criterio de reconstrucción hipotética de cómo habían podido ser sus fachadas;

Florensa creía, y sostenía enérgicamente, que había que «armonizar lo insulso».

Lorenzo Luján, director del museo, recibió al periodista en su despacho. Iba vestido con un traje rosa chicle y gafas del mismo color; cráneo rapado, barba al dos. Explicó a Balmoral que llevaba un año en el cargo, ganado por concurso tras dedicar una tesis doctoral al tema del coleccionismo y haber trabajado algún tiempo en el Victoria and Albert Museum. Era una de esas personas que no miran a su interlocutor cuando hablan ni necesitan réplica para alargar sus explicaciones.

—Me he permitido llamarle porque me han dicho que usted y yo estamos atravesando una situación parecida.

—Sí, las famosas cartas...

—Ésta es una institución muy especial. Cuando tomé contacto con ella por primera vez, el modo en que se había creado me pareció un auténtico enigma. ¿Conoce la historia de Frederic Marès? —preguntó.

—Alguna idea tengo, pero no me molestaría escucharla de un experto.

—Es muy ilustrativa. Y debo explicársela para que luego entienda por qué me han escrito lo que me han escrito.

EL SINGULAR COLECCIONISMO DE FREDERIC MARÈS

—Le voy a contar una anécdota. Hace ya bastantes años, un buen burgués de Barcelona había logrado reunir una de las más importantes colecciones de cuadros y armas de su época. Cierta mala racha en los negocios acabó con su fortuna, y su casa, con todo lo que había dentro, fue incautada. Pasado un tiempo la policía detectó que por las noches aquella mansión se iluminaba por dentro, sin que la puerta principal hubiera sido forzada. Redoblaron la vigilancia. Finalmente, y en presencia judicial, una noche la policía rompió el precinto. Encontraron acurrucado en un sofá al antiguo propietario, llorando al contemplar las piezas amadas de las que ya no podía disfrutar como antaño. Se había guardado la llave de la puerta trasera del edificio, y lo visitaba cada anochecer.

—Un hombre precavido. Y añorado.

—Era un amigo de Marès, la personalidad que da nombre a este museo. Y a propósito de personajes como él, Marès reflexionaba, le leo: «El coleccionista que yo traté solía ser hombre inteligente, sensible, se interesaba por el estudio de los objetos de su colección. Su curiosidad le llevaba a poseer conocimientos profundos. No coleccionaba por hábito de coleccionar, ni menos de atesorar riquezas. Coleccionaba, tan sólo, para satisfacer una curiosidad, una necesidad, una pasión acrecentada y enriquecida a través de los años de contemplación y estudio».

—Bien, cuénteme algo del personaje.

—¿Quién era Marès? —preguntó retóricamente el director—. Hijo de un librero-anticuario, nació en la localidad fronteriza de Portbou en 1893 y a los diez años se mudó con la familia a Barcelona. Estudió en la Llotja con Eusebi Arnau, importante escultor del cambio de siglo; amplió estudios en Francia, Bélgica e Italia. En

París frecuentó a grandes anticuarios como Duveen o Wildenstein; también a numerosos artistas. Era la época del auge del arte africano, el que atesoraban Picasso y los de su grupo, y nuestro hombre explicaba que buena parte de las piezas que circulaban entonces por la capital francesa eran falsificaciones realizadas por buenos pero famélicos escultores amigos suyos, verdaderos cracks de la gubia sobre madera.

—Eso da una nueva perspectiva al periodo, sin duda.

—Tras varios viajes al extranjero Marès abrió un taller de escultura en Barcelona. Simultáneamente había comenzado a desplegar una incesante labor coleccionista desde 1911, cuando compró su primera pieza importante, una tabla gótica. Pronto mostró su olfato detectando piezas de alta calidad: en la tienda del anticuario Schutz en París, por ejemplo, encontró los relieves de alabastro de Manuel Álvarez procedentes del monasterio de La Espina en Valladolid. A la vez que abría colecciones de botones de casaca, relojes de bolsillo, y otras muchas cosas insólitas y variopintas... Como escultor su actividad fue incesante, y con motivo de la Exposición Internacional de 1929 su producción se disparó.

—¿Como un artista oficial?

—En cierto modo. En los años treinta se consagró en el ámbito católico con la gran estatua en bronce colocada en la cima del templo expiatorio del Sagrado Corazón, en el Tibidabo, que corona Barcelona.

—Muy vanguardista no debía de ser.

—No, desde luego, su vocación era clásica. Esta escultura, una gran cruz de nueve metros, era más alta que el monumento a Colón en el puerto, y se trataba de una de las más grandes del mundo. Durante la Guerra Civil fue fundida para reutilizar el bronce, no ha quedado nada de ella.

—¡Qué interesante! Perdone, Luján, ¿puede indicarme dónde hay un lavabo?

—Saliendo de este despacho a mano derecha.

Balmoral dejó a su interlocutor —«¡Maldita próstata!», masculló para sus adentros— y regresó al cabo de unos minutos.

—Y el museo, ¿cómo surge? —preguntó.

—Pasan los años. En 1947 se formalizó la donación a Barcelona de una parte de las obras de su colección. Se le destinan las antiguas dependencias del Palacio Real Mayor en la calle de los Condes de Barcelona. Se habilitan los porches y galerías que rodean el jardín del palacio, y se reconstruyen los pisos superiores. Junto con la capilla de Santa Ágata y el Archivo de la Corona de Aragón, las estancias del Marès se suman al núcleo básico del nuevo Barrio Gótico restaurado. En la primera descripción oficial el museo cuenta con setenta y nueve esculturas, de predominio medieval.

—Y luego creció.

—El museo se amplió en varias ocasiones. Hoy los fondos ocupan tres mil metros cuadrados. La planta baja y el primer piso ofrecen un buen repaso a la escultura en España, desde la Virgen del retablo mayor de Cuéllar a la colección barroca con piezas magníficas de Alonso Cano...

—Ésa es la parte noble. Pero hay otra mucho más curiosa y abigarrada, ¿verdad, director?

—Acompáñeme.

El director y el visitante recorrieron el conocido como «museo sentimental» de Marès: en el segundo y tercer piso había trabajos de forja: llaves, cerraduras, arcas... En la sala femenina encontraron sombrillas, abanicos, joyas. En la sala del fumador, pipas, petacas, cajas de rapé. En la sala del caballero, sellos de lacrar, botones de casacas decorados, bastones, prismáticos de teatro.

—Sorprende que alguien haya podido dedicar una parte importante de su vida a acumular esas naderías. Qué agobio —intervino en un cierto momento Balmoral—. ¿No desmerece este apartado el de escultura española?

—Tiene su encanto y su valor testimonial, no lo dude. También está la sala de fotografía, las colecciones de cerámica, la sala de la fe, en la que hay relicarios, cruces, medallas, incensarios, exvotos... La sala de las diversiones, con teatrines y autómatas... Los soldaditos de plomo, la colección de daguerrotipos... Marès dedicó parte de su vida, en sus propias palabras, a atesorar lo que él llamaba «ese mundo de intimidades». Y hay una sala consagrada a su propia obra; fue un escultor interesante, algún día se le reconocerá.

—Este señor tan generoso debía de tener buenos contactos con el régimen franquista, ¿verdad?, para que se le cediera un palacio en plena posguerra para sus colecciones...

—Según como se mire. Durante la Guerra Civil tomó parte en la salvaguarda del patrimonio. Después, con el nuevo régimen, acumuló cargos oficiales. Por lo que sé, fue alguien que siempre supo cultivar a quienes podían ayudarle... El interrogante es: ¿cómo alguien que vivía de su trabajo escultórico, sin grandes recursos propios, pudo reunir una colección que envidian muchos millonarios internacionales? Pero ahora déjeme que le cuente para qué le he pedido que viniera. Fíjese, por favor, en esta carta.

Era similar a las que estaba recibiendo esos días Víctor. Rezaba:

No habrá piedad para el expolio.

—¿No le parece evidente que alguien maquina algo contra el museo porque considera que Marès expoliaba? —preguntó a Balmoral, como si se lo estuviera preguntando a sí mismo.

—Tal vez. Pero no necesariamente —respondió lacónico el periodista.

Regresó a la iglesia de Sant Jaume. Arrodillada rezando en uno de los primeros bancos encontró a la hermana Eva. Se sentó en un extremo del banco, inmóvil, hasta que ella se apercibió de su presencia.

—¡Me alegro de que hayas venido! Y constato que sigues investigando. —La religiosa se enderezó y se colocó junto a Balmoral.

—No me dijiste que tenías una hermana gemela.

—Tú tampoco a mí que estás ligado a una institución de esta parte de la ciudad, que sufres una carencia paterna, que vives solo y que tienes algún tema de salud pendiente.

El periodista estaba pasmado.

—Hermana, ¿eres la reencarnación de Sherlock Holmes?

—No. Pero creo que intuyo cosas de las personas de las que ellas mismas no son conscientes —respondió con absoluta seriedad—. Ahora sé que vas detrás de una doble respuesta, pero no formulas correctamente las preguntas.

—Hablas como la Esfinge. ¿Podrías ser más concreta?

La hermana Eva se apartó de Víctor y se puso en pie.

—No, lo siento, no soy una máquina.

—Perdona, no quería ser brusco. ¿Puedes sentarte otra vez?

Habían entrado en la iglesia varios turistas que recorrían las capillas laterales.

—Éste no es sitio para charlas; acompáñame, por favor.

La monja condujo a Víctor hasta la sacristía. Ambos se acomodaron en unas sillas desvencijadas.

—Entiende, hermana Eva, que me llamara la atención conocer a Eugenia poco después de encontrarte. Sois tan iguales, y a la vez tan distintas...

—Sí, entre nosotras se da a la vez el efecto espejo y el efecto de complementariedad. Siempre nos hemos visto reflejadas la una en la otra y, también, cada una encuentra en la otra lo que ella no tiene. Eugenia es emprendedora y valiente, yo soy reflexiva y cauta. Ella es espontánea, yo respondo a estímulos exteriores. Ella vive feliz en la agitación, yo busco la paz interior.

—Tú consagras la vida a los demás. ¿Y ella?

—Ella cree en una justicia que hará innecesarias actuaciones como la mía.

—Tú eres espiritual. ¿Y ella?

—Su vitalidad y carácter encendido son prueba de la buena disposición de Dios hacia sus hijos. ¿Y tú, Víctor, eres una persona espiritual?

Balmoral, como tantos periodistas, estaba acostumbrado a inquirir a los demás sobre su vida personal sin que ello generara reciprocidad alguna. La pregunta de Eva le cogió por sorpresa.

—Verás, yo, a estas alturas de mi vida, lo creo prácticamente todo. Acepto que hay una Razón Última generadora de lo que existe, igual que aceptaría que me dijesen que hay extraterrestres entrando en estos momentos por la avenida Diagonal. Estoy abierto a casi todo y lo respeto casi todo. Creo que deberíamos ser capaces de mirar mejor en nuestro interior. En cualquier caso, desde mi atalaya de comodidad vital, no exagerada pero sí suficiente y, lo reconozco, algo egoistona, siento la máxima admiración por la gente como tú.

—No tienes nada que admirar, señor Balmoral, te lo digo en serio. En realidad, soy un alma atormentada.

A Balmoral le extrañó escuchar aquellas palabras en la boca de un rostro que transmitía tanta serenidad como el de la religiosa. Las apariencias, claro, son engañosas.

—Muchas veces me pregunto para qué estoy en el mundo —añadió.

—¡Eso nos ocurre a todos! —intentó quitar hierro el periodista.

Eva sonrió con dulzura...

—Pero a mí es una pregunta que me hunde en la miseria. Sólo la fe en Dios y la entrega a quienes tienen necesidades me dan ánimos para ponerme en marcha cada mañana. —Se interrumpió unos momentos—. Y no te infravalores: eres una persona que transmite paz, albergas algo que va más allá de esa *atalaya egoistona* que mencionas. Y ahora me temo que debo dejarte, tengo tareas por cumplir.

—Sólo una última pregunta: en este contexto que tan bien conoces, ¿qué te sugiere la palabra *expolio*?

—Algo que va en sentido contrario a las que a mí me motivan. Palabras como *amor, ayuda, caridad, solidaridad, fe, compañerismo*... Todo lo que me induce a levantarme por las mañanas.

Si me vienes a ver otro día te llevaré a un sitio que te interesará.

—Cuenta con ello.

Aquella tarde la pasó Víctor Balmoral repasando la hemeroteca de un medio rival. *La Vanguardia*, fundada en 1881, es el decano de los grandes diarios españoles y el más leído en Barcelona. A principios del siglo XXI su colección se volcó entera en formato digital y se abrió al público, haciendo feliz a una legión de historiadores y curiosos que podían así acceder de primera mano a los testimonios directos de ciento cuarenta años de historia de España.

Víctor encontró lo siguiente: tras la Guerra Civil, Federico Marés —como se escribía entonces su nombre, catalanizado y castellanizado en sucesivos momentos de su trayectoria— participó desde el principio en las actividades culturales organizadas por el bando vencedor y fue sin ningún género de duda uno de los artistas oficiales del Régimen. En diciembre de 1939, el día de la Inmaculada, se repone en un solemne acto la imagen de la Virgen del Milagro en Santa María del Mar, que tenía su sitial en el portal de la basílica y «que había sido destruida por la horda marxista». La nueva escultura, «que guarda en su basamento trozos de la antigua que la piedad del vecindario pudo recoger», es una hermosa obra del escultor Marés, vaciada en bronce.

En 1940 se coloca un monumento a la Victoria al pie del obelisco en el cruce entre Diagonal y paseo de Gracia. Se había retirado la dedicada a la República, obra del escultor Viladomat. Marés propuso para sustituirla una Victoria que había realizado antes de la guerra, pero llevaba el pecho descubierto y eso no gustó a los gerifaltes de la época, de modo que le añadió una túnica. La plaza se llamó de la Victoria hasta ser bautizada tras la muerte de Franco como de Juan Carlos I. Ahora le han vuelto a cambiar el nombre.

El 24 de noviembre de 1941 se inaugura el nuevo local de la Asociación de la Prensa, en el número 10 de la rambla Cataluña, con presencia del capitán general Alfredo Kindelán, el gobernador civil y jefe provincial del Movimiento Correa Veglison, autoridades militares y civiles. Se entroniza «una preciosa imagen del Sagrado Corazón obra de Federico Marés» y «una preciosa lápida debida al mismo cincel del mismo artista, dedicada a los Socios caídos por Dios y por España». Al descorrer el lienzo, Kindelán dice: «¡Periodistas caídos por Dios y por España», y los asistentes responden con el «¡Presentes!» de rigor.

En 1947, el mismo año en que se formaliza la donación a Barcelona de una parte de la colección Marés, el escultor acababa la recreación de las tumbas reales del monasterio de Poblet. Con motivo del octavo centenario del monasterio fundado por Ramón Berenguer IV, que iba a celebrarse en 1951, Marés restaura diecisiete estatuas yacentes de sus sucesores, entre ellas la de Jaime I el Conquistador ostentando la casulla del Císter. «Poblet volverá a ser, vivificado, el panteón de los reyes de Aragón, condes de Barcelona», escribe en *La Vanguardia* un anónimo cronista.

El 9 de junio de 1952 el generalísimo Franco está en Cataluña. Visita el Bruch, Montserrat y la Ciudad Sanatorial de Tarrasa. En el Bruch inaugura el monumento del histórico timbalero, obra de Marés, «entre mástiles que daban al viento el ondeo glorioso de la bandera española». Una escultura del «tambor» tallada en piedra de cinco metros de altura y once toneladas de peso.

El 1 de noviembre de 1953 Marés recibe la medalla de plata de la provincia de manos del gobernador civil Felipe Acedo «por su calidad de creador de arte y por su generosa actividad de mecenazgo». El político señala «el acendrado patriotismo del condecorado» y recordó su «estatua del "Timbaler del Bruch", símbolo de amor a la patria y del heroísmo de los catalanes».

En 1960, en fin, el Museo Marés recibe el homenaje organizado por Amigos de los Museos; preside el ministro de Educación don Jesús Rubio, y están presentes el director general de Bellas Artes, el alcalde Porcioles y autoridades varias. Amigos de los Museos dona dos piezas del maestro Cabestany del siglo XII, procedentes de San

Pedro de Rodes, y la Diputación, una talla de gran tamaño de Pere Oller, del siglo XIV.

Tras el repaso a la hemeroteca, Balmoral hizo una llamada a su vieja amiga Marta Nines, alta funcionaria ya jubilada, que lo sabía todo sobre las interioridades de la cultura municipal. Marta le invitó a visitarla en su pequeño apartamento de la plaza de la Villa de Madrid, cuya terraza daba sobre las ruinas romanas. La vivienda respiraba limpieza y un orden sólo roto por pilas de libros aquí y allá, cuidadosamente agrupados por colores.

—¿Qué criterio sigues para distribuirlos? —preguntó muy extrañado Balmoral.

—El que ves, el cromático. Con el tiempo he decidido que es mejor que el onomástico, el temático o el editorial. Ya sólo leo por placer, así cuando acabo una lectura busco otro volumen que me seduzca visualmente.

—Curioso. En fin, ¿qué puedes decirme de Marès?

—Le conocí poco, ya casi al final de su vida —explicó Marta—. Era un hombre muy austero, casi un monje, vivía con sus sobrinos en el piso superior del museo y cenaba yogures. Le mantuvieron la vivienda porque firmó un buen contrato con el Ayuntamiento.

—¿Cómo bandeó las circunstancias políticas?

—Tenía una gran capacidad de adaptación. Pero para entenderle hay que fijarse en su actitud durante la guerra civil española. Marès no quiso dejar Barcelona en 1936, aunque en la ciudad había muchos peligros y tuvo oportunidades para hacerlo. Era católico y fue testigo del incendio de conventos e iglesias en los primeros días; conocía los precedentes en el siglo XIX y en la Semana Trágica barcelonesa, y le estremecía la catástrofe patrimonial. Amigo del consejero de Cultura de la Generalitat, Ventura Gassol, lo vio desbordado ante la furia anticlerical que se había desencadenado.

—Tiempos difíciles y con pocos matices.

—Marès se implicó en las tareas de protección y salvamento. Llegó a entrar entre las llamas que consumían el Seminario Conciliar para salvar las piezas artísticas y los libros. El edificio quedó bajo control de las Juventudes Libertarias y Marès, por encargo de la Generalitat, estuvo unos meses allí, negociando día a día con sus responsables el mantenimiento del lugar, incluso asistía a sus mítines en muestra de buena voluntad. Consiguió entenderse bien con aquellos jóvenes radicales de ambos sexos, hasta celebró una Nochevieja con ellos, con una garbanzada que organizó una joven anarquista gitana y para la que utilizaron las legumbres procedentes de sacos que se habían usado para levantar barricadas. Con soleás, olés y villancicos.

Un gato maulló cerca y a Balmoral le dio un escalofrío.

—Es Tom, él y Jerry son mi gran compañía. Tom, no molestes.

Un animal inmenso de color gris cruzó rápidamente el saloncito y desapareció.

—Me hablabas de un episodio de paz en la guerra.

—Sí, así puede definirse, a la manera de Unamuno. Pero la tensión fue aumentando, hasta que Marès tuvo que marchar del seminario con los nervios rotos, según dijo. En aquellos años contempló brutales desvalijamientos de colecciones humildes, patrullas incontroladas dedicadas al saqueo, asesinatos. Tragedia y dolor. El presidente de la Generalitat, Lluís Companys, le pide que ayude a restaurar la basílica de Santa María del Mar. En el gran edificio gótico, pasto de las llamas, habían quedado destruidos treinta y cuatro altares, y numerosas tumbas fueron profanadas. Marès se abrió paso entre las ruinas, que desprendían las emanaciones de algún cadáver no retirado.

—Vaya pesadilla.

—Sí, pero con compensaciones. Arregló las capillas absidiales...

—Las que rodean la nave central, hoy un prodigio de austeridad.

—Y se impresionó al ver como entraba la luz después de cuatrocientos años por ventanas que habían estado cegadas. En esa época Marès salvó mucho patrimonio, a la vez que mantenía sus tertulias con amigos coleccionistas, que durante la guerra eran clandestinas. Estuvieron a punto de detenerle varias veces, por iluminar unas ventanas góticas le acusaron de mandar señales al enemigo. Hablaba habitualmente en catalán y era catalanista. Pero tras la guerra supo adaptarse al nuevo régimen franquista y anticatalanista.

—¿Cómo pagaba sus adquisiciones?

—En la posguerra hubo hambre y miseria por todos lados. Marès contaba con lo que le daban por sus propias obras. Era un escultor muy bien pagado.

—He leído que le acusaron de saquear el patrimonio de Castilla y León... ¿Tú le consideras un expoliador?

—No, no. Él estaba obsesionado con la conservación.

Y sabía que las guerras y las ruinas económicas brindan grandes momentos para el coleccionismo porque son muchas las piezas que cambian de mano. Llegó a tener en depósito ciento cincuenta esculturas, que devolvió cuando sus propietarios pudieron restablecer las condiciones para guardarlas. Iba a los pueblos en un momento en que los párrocos, cuando se les caía una pared de la iglesia, vendían uno o dos de sus «santitos», como los llamaban, para conseguir dinero para las obras. Y allí estaba él para comprar a buen precio. Y luego Marès hacía intercambios, se acercaba a un convento y les decía a las monjas: «si me dan esa escultura que ya está vieja, yo les hago una Virgen nueva...». Sabía moverse muy bien. Y también con la orfebrería: consiguió salvar numerosas cruces, incensarios, relicarios, campanillas...

—Admitiendo su buena voluntad, también es difícil no pensar en el expolio de la tercera nota...

—¿Qué dices?

—Nada, muchas gracias.

—Pues hasta aquí lo que yo sé de Marès, con el que tuve que negociar tantas veces. Por cierto, veo que sigues en activo, pero un pajarito me ha comentado que pensabas jubilarte.

—¿Quién te ha dicho eso?

—Ya sabes, mantengo mis tertulias con gente de tu profesión, y encuentro de tanto en tanto a algún colega tuyo de *La Voz de Barcelona.*

—¡Pues no tengo prisa, Marta, no tengo prisa! Y, además, tampoco tengo gatos...

—Ese hombre, Marès —le lanzó a Víctor su espectral amigo Tomàs Riquelme mientras caminaban de vuelta a casa—, era un franquista de tomo y lomo.

—Como tantos otros de entonces, en especial los católicos que en la época de la República se sintieron agraviados por las medidas antirreligiosas del Gobierno, el cierre de escuelas confesionales, la falta de reacción ante las quemas de iglesias... Y luego por la violencia revolucionaria.

—No me vengas con milongas. Eso no justifica el apoyo a un régimen totalitario y represor.

—¡Desde luego que no! Pero los tiempos fueron los que fueron. Probablemente Marès era un apolítico y un obseso de su trabajo y sus colecciones.

—De su trabajo poco va a quedar. Todo lo que tiene connotaciones franquistas lo están guardando ya en los almacenes o se ha destruido...

—En relación con lo que a mí me preocupa —cortó Víctor—, y a tu modo de ver, ¿expolió o no expolió Frederic Marès? ¿Alguien tiene razones para atentar contra su memoria?

Al llegar a casa encontró sobre el felpudo de la entrada un nuevo sobre. El mensaje que iba en su interior rezaba:

En la colina la reunión de los poderosos. El poder no cambia, siempre llena los vacíos, siempre se muestra dispuesto al saqueo.

CAPÍTULO QUINTO

El constructor Severo Vitale proyectaba vitalidad. Grande, obeso, gesticulador, con un fuerte cabello encrespado que dejaba una pequeña sombra de caspa sobre sus hombros, vestía una camisa de seda rosa, americana de *cashmere* con pañuelo multicolor en el bolsillo, pantalones verde botella y afilados zapatos italianos, y no dejó a la presidenta de Buenas Letras ni a Víctor —que tendía a desconfiar de los hombres grandes y gesticuladores— meter mucha baza en su parlamento.

—¡Tremenda historia, amigos! Aunque bien explicada nos traerá visitantes, a todo se le puede dar la vuelta en este mundo. Los investigadores siguen elucubrando de quién serán los huesos de esa pobre mujer, porque está claro que era una mujer. Por ahora nos han paralizado las obras. Pero he venido aquí para tranquilizarlos.

—Y para excusarse, supongo. Sus operarios han hecho un inmenso agujero en un tabique de nuestra biblioteca de clásicos hispanoamericanos —replicó la presidenta.

—¡Sí, impresionante y lamentable! Lo dejaremos todo como estaba. ¡Que como estaba! ¡Muchísimo mejor, créanme!

—¿Qué está haciendo exactamente en ese edificio? —preguntó Víctor.

—¡Un espacio híbrido! La planta baja y la primera serán una galería de arte, la mejor de la ciudad. En los pisos segundo y tercero pondremos cuatro apartamentos de superlujo. Terraza, piscina y *chill out.*

—Singular destino para uno de los más bellos palacios familiares de Barcelona —apuntó Víctor.

—Las gracias tienen que dármelas a mí por recuperar y redimir un edificio que la familia propietaria, unos nobles decadentes, estaba dejando languidecer. ¡Conmigo volverá a tener vida! La galería Vitale atraerá a los mejores talentos, y mis apartamentos, las mejores inversiones. Con mi arquitecto Ángel Radulán estamos llevando a cabo una restauración impecable. Y si ustedes aceptan mi propuesta, como confío hagan, para esta academia, crearemos el gran foco de atracción del Barrio Gótico. ¡Hay que pensar a lo grande!

—Esa galería suya, ¿qué línea artística sigue?

Vitale se volvió hacia Víctor aparentando asombro.

—Usted es periodista, ¿verdad? ¿Y no lo sabe? La galería Vitale es un puntal de la creación contemporánea, tenemos sedes en Palma de Mallorca, Milán y Miami. En Palma hemos restaurado un palacio mucho más espectacular que éste. La inversión que estoy haciendo pocos galeristas hoy se atreven a realizarla. Supongo que por eso me envidian.

—¿Le envidian?

—Sí, no me han dejado exponer en la feria ARCO, ni en Art Basel Miami. Mis colegas están instalados en la mediocridad y les da miedo la brillantez. Ningún medio informativo explica bien cómo se mueve hoy el mundo del arte, la red de falsedades y corrupciones que genera.

Si usted, periodista, se atreve a publicarlo, le pasaré un dossier que hará temblar Barcelona.

—Bien, claro, todo se puede comentar —esquivó el embate Víctor—. Ahora me perdonarán, he quedado con el conservador jefe de la catedral.

—Nosotros vamos a seguir, Severo —intervino Mariflor—. Hay aspectos importantes de financiación de su propuesta que me gustaría precisar.

Mientras subía por la calle Dagueria hacia la catedral recibió la llamada de Benita Bach.

—¡Víctor! ¿Has hecho algún progreso?

—Justo hoy tenía pensado llamarte —se excusó—. He hablado ya con un viejo conocido, muy próximo a tu madre. Algo saldrá, pero tienes que darme tiempo. Mañana voy a encontrarme con una persona que fue especialmente importante en su vida.

—¿Con quién?

—Eduard, un arqueólogo medievalista. Él y su amigo, el músico Arturo, compartieron apartamento con tu madre en los años setenta.

—¿Apartamento y algo más?

—Ya te explicaré.

—Date prisa, por favor, el tiempo corre en contra nuestra.

Se había citado con Bentanachs en el claustro, y justo cuando llegaba se topó con la guía Eugenia, que salía y al cruzarse con él le dedicó una sonrisa enigmática.

El sacerdote estaba observando con atención un capitel cuyas formas y figuras debía de saberse de memoria.

—Vamos a fumar fuera —dijo, y Balmoral le siguió educadamente, aunque hacía ya varias décadas que no fumaba.

Caminaron a pasitos cortos por la calle del Bisbe rodeando el recinto catedralicio hasta plantarse frente a la fachada.

—Mosén —dijo con cautela Víctor—. Perdone la indiscreción, pero ¿tiene trato con ustedes esta joven guía?

Bentanachs rio abiertamente.

—¿Te refieres a Eugenia? Una auténtica guerrera. Roja como el birrete de un cardenal. A diferencia de su hermana Eva, una de esas almas puras tan difíciles de encontrar en este mundo pérfido.

—¿Las conoce desde hace tiempo?

—Tanto como el que ellas se conocen a sí mismas. Alguien las dejó en la puerta principal de este templo, en dos cestitas, una madrugada de enero, va a hacer veintisiete años.

—¡Qué me dice!

—Puro Dickens, ¿verdad? Por suerte no había sido una noche fría. El hombre más madrugador de esta casa, yo, mosén Bentanachs, las encontró a las seis de la mañana, cuando venía a preparar las celebraciones de la jornada. Cogí las cestas, llamé a la seguridad del recinto, despertamos al arzobispo. Estábamos todos boquiabiertos. Eran dos niñas bellísimas, de pocas semanas.

—¿Y qué hicieron?

—Pues mover nuestros contactos y avisar al departamento de atención a la infancia de la Generalitat. A media mañana ya teníamos con nosotros una docena de asistentes y enfermeras. La propia consejera de Bienestar Social se acercó hasta nuestra casa. Salió en los periódicos: «Milagro en la catedral barcelonesa», titularon.

—Sí, ahora creo recordarlo... ¿Les siguieron la pista?

—¡Claro! Primero pasaron a una casa de acogida, luego les asignaron dos familias de adopción diferentes. Pero siempre hemos mantenido el contacto, fueron bautizadas aquí, hicieron la primera comunión y recibieron la confirmación y en su día, si Dios quiere, aquí casaremos a Eugenia, porque Eva, por ahora, parece casada con Dios.

—Lo que cuenta es muy emocionante, mosén. Empiezo a entender a esas hermanas.

—Más bien revela la pura intervención de la Providencia divina. Pero tú has venido por otra cosa. Así que «en la colina la reunión de los poderosos», ¿verdad? ¡Una alusión pasablemente clara! Mira hacia delante, las escaleras, ¿las ves? La catedral está erigida sobre un pequeño promontorio. Tenía que ser así porque en la simbología tradicional la montaña representa el punto de unión entre la tierra y el cielo. A este cerro se le llamaba Mons Taber, aquí se erigió la primera colonia romana... Pero Taber suena a Tabor, que viene de la palabra que en hebreo significa «tallar»: montaña tallada. La catedral gótica, dicen los simbólogos, es una montaña sagrada, el lugar donde entra en contacto el mundo material con el espiritual...

El erudito capellán apagó su pitillo y encendió otro.

—Tengo que aprovechar, dentro paso demasiado rato sin fumar.

Víctor sonrió.

—A su edad, fumar ya no es ni siquiera un vicio.

—¿Sabes? Mi mejor momento es de madrugada. Me levanto, me ducho, voy a la cocina en pelotas, pongo la radio y me fumo el primer pitillo. Eso es vida.

El periodista se sonrojó.

—¿En pelotas, realmente? ¿Y sus compañeros de piso? ¿Qué hacen cuando le ven?

—Soy un sacerdote diocesano, vivo solo en un piso heredado de mi pobre madre. Gracias a Dios.

Víctor intentó reorientar la conversación.

—¿Y los «poderosos» aludidos en la carta? —preguntó—. ¿Se refería al arzobispo?

—Hummm... Es posible, pero no probable. Tú sabes que esta catedral se alza sobre una iglesia paleocristiana del siglo VI. En 877 el obispo Frodoí encuentra las reliquias de santa Eulalia en un cementerio marítimo y las traslada a la actual cripta. Luego en la Edad Media tiene dos fases importantes de construcción, la románica y la gótica. Hoy acoge veinticuatro capillas, en su origen establecidas por familias nobles que pagaban. Algunas son muy visitadas: la del Cristo de Lepanto, la de San Raimundo de Peñafort, el sepulcro de los condes de Barcelona, la capilla de San Gabriel, la de La Merced, la de la Virgen de la Alegría; también los bajorrelieves con la leyenda del martirio de santa Eulalia, a quien la catedral estuvo consagrada. Muy interesante la figura de santa Eulalia... Pero vamos dentro.

Sortearon a los encargados de cobrar el acceso al recinto sagrado y se internaron hasta el centro de la planta que ocupa una espectacular sillería.

—¿Ves este coro? Tiene ciento diez asientos, con sesenta y cuatro paneles heráldicos pintados. Una virguería. Y me preguntarás: ¿por qué en un recinto sagrado como éste pusieron, sobre este prodigio de carpintería en roble, escudos de armas elaborados de forma tan primorosa?

—¿Por qué?

—Pues precisamente porque aquí tuvo lugar «la reunión de los poderosos». Aquí tuvo lugar el primer y último Capítulo General de la Orden del Toisón que se celebró fuera de Flandes. Aquí se sentaron los poderosos.

—¿En Barcelona? No conocía ese encuentro.

—Sentémonos y te lo explico.

LA DIPLOMACIA DEL TOISÓN DE ORO

El sacerdote y el periodista levantaron el cordón de protección, entraron en el coro y tomaron asiento. Un miembro de seguridad se acercó inquieto, pero mosén Bentanachs le hizo un gesto y el guardia desapareció raudo.

—¿Sabes quién era Guillermo de Croy, señor de Chievres?

—No.

—Uno de los hombres más distinguidos de la época renacentista. Un noble borgoñón que fue mano derecha del emperador Maximiliano de Habsburgo, de su hijo Felipe el Hermoso y de su nieto Carlos I de España y V de Alemania. Uno de aquellos validos que dominaron la política europea...

—Hasta este momento, ni idea. Perdone mi ignorancia.

El rostro del sacerdote dibujó una sonrisa feroz.

—Pero al menos te sonarán títulos como los duques de Alba, el de Cardona o el de Gandía. Y el almirante de las Indias Diego Colón.

—Hijo de Cristóbal, descubridor de América, sin duda. El duque de Veragua.

—Todos ellos se reunieron en Barcelona en invierno de 1519, convocados por el rey Carlos I, que tenía diecinueve años.

—¡El emperador en Barcelona! De eso sí he leído algo.

—Este episodio hoy no es muy conocido porque en los manuales de historia de Cataluña tienden a esconder el hecho de que a principios del siglo XVI Carlos, nieto de Fernando el Católico, formado en Flandes bajo la tutela de su tía Margarita de Austria; el hombre más poderoso de su tiempo, en suma, pasó cerca de dos años aquí. Vino en su primer viaje a España para jurar los privilegios de la ciudad y a presidir las Cortes Catalanas. Trajo consigo toda la pompa de la corte borgoñona, la más fastuosa de Europa, y la ciudad le recibió también de gala.

—¿Cómo fue su llegada?

—El rey llegó a Barcelona con su séquito el 14 de febrero de 1519. Los consejeros de la ciudad y los representantes de la Iglesia y de los diferentes estamentos le fueron a recibir. La primera noche se alojó en el convento de Valldonzella, cerca de la actual plaza de España; pero hizo una excursión de incógnito a la ciudad, «iluminada y en fiesta», según los cronistas. La entrada solemne tuvo lugar al día siguiente, con repicar de campanas y salvas de artillería. El rey entró a caballo, con una vestimenta de color turquesa y una gorra ornada de pedrería, bajo un palio sostenido por prohombres barceloneses. Iba flanqueado por cincuenta lanceros, pajes y arqueros a caballo, y una guardia a pie de doscientos alabarderos, buena parte de ellos flamencos o alemanes.

—Muy discreto, sin duda.

—En el portal de San Antonio estaba dispuesta una escenificación de la corte celestial, con ángeles músicos tocando instrumentos. Otros «ángeles» le dieron la llave de la ciudad. La comitiva recorrió las calles hasta la plaza que se abría frente a la casa de los Montcada, una de las grandes familias nobles. Sobre una plataforma ricamente engalanada, el arzobispo tarraconense Pedro de Cardona le tomó juramento.

—Y ¿qué juró?

—El rey se comprometía a guardar las constituciones, privilegios, usos, costumbres y otras libertades concedidas por sus antepasados a la ciudad de Barcelona. A continuación, desfilaron ante él los principales gremios y oficios: cribadores, marineros, barqueros, revendedores, toneleros, colchoneros, herreros, hortelanos, carpinteros, tejedores, algodoneros, merceros, curtidores, panaderos, sastres... Siguió una misa oficiada por Adriano de Utrecht, mentor de Carlos y que pronto sería Papa.

—Misas, misas, siempre misas.

—Las semanas siguientes tuvo una agenda repleta. En Barcelona se enteró Carlos de la muerte de su otro abuelo, Maximiliano, emperador del Sacro Imperio Romano Germánico. Celebraron la obligatoria ceremonia de exequias en la catedral con asistencia de más de trescientos nobles caballeros y grandes señores alemanes y flamencos vestidos de negro. Y, entretanto, se preparó para celebrar el XIX Capítulo de la Orden del Toisón de Oro, que había convocado en la ciudad aprovechando su estancia y que empezó el sábado 5 de marzo de 1519.

—¿Qué era esa orden?

—Se trataba de un grupo de notables muy muy selecto, instituido supuestamente para defender los valores de la caballería y el catolicismo.

—Suena un poco a la tabla redonda del rey Arturo, ¿no?

—Sí, claro, la referencia resultaba bastante evidente. Pero en realidad constituía un instrumento creado por los duques de Borgoña para dar cohesión a la nobleza de su entorno; lo que hoy llamaríamos un «instrumento de diplomacia blanda». Los Estados borgoñones comprendían a la vez un ducado y un condado, y eso complicaba las cosas. El duque debía obediencia al rey de Francia; el conde, al Sacro Imperio Romano Germánico. Aunque el núcleo original radicaba en el área francesa, la parte rica era la de Flandes. Ante esa bifurcación geográfica, la Orden del Toisón reunía a los poderosos de ambas partes y generaba fidelidad al duque borgoñón de forma vistosa y grata.

—Un mecanismo muy sofisticado... ¿A qué obligaba?

—El símbolo de la Orden era, y lo sigue siendo, una piel de carnero, inspirado en el vellocino de oro que buscaba Jasón en la fábula clásica de los Argonautas, pero también en el *Agnus Dei* de la Iglesia católica. Los miembros se comprometían a defender las virtudes, encarnadas en seis toisones simbólicos, de la magnanimidad, la justicia, la prudencia, la fidelidad, la paciencia y la clemencia.

El padre Bentanachs estiró las piernas y siguió con su discurso, que unos turistas se habían acercado a escuchar, sin que a él pareciera molestarle.

—¿Cuál es la relación del Toisón con España? —preguntó Víctor.

—La Orden la fundó Felipe el Bueno, duque de Borgoña. Carlos I era su tataranieto y heredero por línea directa de su título y del mando de la Orden.

—¿Cuánta gente la integraba?

—La Constitución preveía un *numerus clausus* de treinta y un caballeros. Los ricos collares, de oro, esmalte y piedras preciosas, pertenecían a la Orden; los caballeros eran usufructuarios. Quizás has oído que uno de esos collares salvó la vida al rey Fernando cuando intentaron acuchillarle en las escaleras del Palacio Real. Entre los integrantes debía existir camaradería y hermandad. Y estaba prohibido servir a otro señor que no fuera el jefe de la Orden, el duque de Borgoña, sin permiso de éste.

—Este encuentro barcelonés, ¿estuvo a la altura?

—Transcurrió con mucho brillo, no en vano era una especie de G-7 de la época, aunque sólo participaron un tercio de los convocados. Las comitivas iban y venían del Palacio Episcopal, donde estaba instalado el monarca, a la catedral, entre heraldos y trompeteros; el pueblo asistía a sus movimientos admirado. El primer día estuvo dedicado a la constitución del capítulo. En el palacio, el rey y los caballeros se despojaron de la ropa de duelo por Maximiliano y vistieron largos ropones de terciopelo rojo forrados de seda. Se cubrieron con capirotes carmesíes y se ataron al cuello los collares de la Orden.

—La importancia de la vestimenta.

—Claro, todo revestía una potente ritualidad para crear un clima de magia y de poder. A continuación, se dirigieron a la catedral. Abría la comitiva el rey, que cabalgaba solo, y tras él, por parejas, el príncipe de Bisignano y el marqués de Astorga; los duques de Béjar y Cardona; el conde de Porcean y el señor de Fiennes; Lorenzo de Gorrevod, gobernador de Bresse, y el marqués de Brandeburgo... El interior de la iglesia estaba iluminado y adornado. Se celebró un oficio solemne y, en el ofertorio, el *greffier* —una especie de secretario general— llamó desde el altar al rey, quien se acercó y ofreció una pieza de oro de cuatro ducados, un simbolismo habitual. Después se aproximaron con su ofrenda los caballeros, que cruzaron el coro haciendo al soberano una reverencia.

Apareció de pronto un joven con *clergyman* que cortó la conversación.

—Padre Bentanachs, tiene que firmar esta autorización para que filmen y retransmitan la misa de Navidad.

—¡A buena hora despiertan! ¿Lo teníamos previsto?

—Al igual que cada año. Es uno de nuestros grandes *hits.*

—Hablas como un asesor de marketing. —El cura joven sonrió, casi halagado—. Que quizás es lo que necesitamos.

El mosén hizo un rápido garabato sobre el papel que le tendían.

—¿Tú crees, Víctor, que tenemos que estar tan pendientes de la difusión mediática de nuestras ceremonias?

—¿No lo ha estado siempre la Iglesia católica? ¿No era lo que buscaba la Orden del Toisón?

—¡Bien visto! Sigamos con el coro. Carlos I mandó al pintor Juan de Borgoña y sus ayudantes decorar sus respaldos con los escudos de los caballeros que iban a ocuparlos, con veinte nuevas plazas para nobles hispánicos, aunque luego fallaron muchos, ocupados como estaban en la elección del nuevo emperador al morir Maximiliano. La cruz de San Andrés separaba las casas reales de las no coronadas. Verás que abundan motivos como los yelmos, las águilas, los grifos y escaques.

—¿Y esas frases pintadas?

—Son las divisas, la filosofía personal de cada titular. La de Carlos era «Plus Ultra», «más allá». La del fundador Felipe el Bueno había sido «No tendré otra», referida a su esposa y a la Orden. —Bentanachs hizo una pausa—. A la salida del oficio hubo banquete en el Palacio Real Mayor. Una gran mesa, en cuyo centro se sentaba el rey, y donde se servía un menú de ocho platos. Los ágapes eran opíparos.

—Con gente venida de tan lejos, el encuentro debió de prolongarse durante varias jornadas.

—Duraban siempre cuatro días. El segundo se dedicó a exaltar la figura del monarca y a comentar asuntos internos de la Orden. En el tercero, de nuevo con carácter religioso, se celebró una misa por la Virgen. Lo que te da la razón: todo el encuentro tenía un carácter afirmativo y propagandístico.

—¿Cómo concluyó?

—La última jornada coincidió con el martes de Carnaval. De nuevo hubo un oficio solemne, y después un estupendo banquete en el Tinell. Aquí se rindió homenaje a Guillermo de Croy, el hombre de confianza. Por los buenos servicios durante su minoría de edad, conservando y defendiendo los territorios de Brabante y Flandes, y por la inteligencia con la que había planificado su viaje a los reinos de España (aunque no pocos de los caballeros allí reunidos se la discutían), el rey le premió con el marquesado de Arschot y el condado de Beaumont. Carlos ligó tres banderas que representaban sus dominios, y sus ayudantes vistieron a Chievres con el ropaje del marquesado: esclavina cubierta de armiño, bonete de satén carmesí, corona con ornamento de pedrería. ¡Nada menos!

—Muy interesante. Pero perdone, mosén; en el plano práctico, ¿para qué sirvió este encuentro?

—Hay que tener en cuenta el contexto político del momento. En Barcelona, en febrero, el rey había pedido subsidios para la lucha contra los turcos. Siguió un embrollo jurídico con muchas reticencias por la parte catalana. Finalmente, los tres brazos catalanes (el nobiliario, el eclesiástico y el popular) juraron al monarca el 16 de abril, dos meses después de esta reunión, que sin duda tuvo el buen efecto propagandístico que Carlos necesitaba. Por otra parte, el Consejo de la Orden del Toisón operaba como Consejo de Estado de Flandes. El 6 de julio el rey recibe en Barcelona la noticia de que los electores reunidos en Frankfurt le han proclamado emperador. Se convierte en el Carlos I de España y V de Alemania que conocemos. Empieza una nueva era.

—¿Con qué consecuencias?

—Como sabes, Carlos intentó poner las bases de una

Europa unida a través de una macroestructura política que mantuviera la pluralidad de los territorios, respetando su autonomía y con la fe católica como argamasa. Cuando Lutero inicia su reforma protestante el emperador era partidario de dejarle un margen de integración, pero el papado apostó por la línea dura y el teólogo fue excomulgado. Los territorios borgoñones de Francia y Alemania se dividieron a causa de sus creencias y dieron inicio las guerras de religión que tan siniestras serían para el continente y para el Imperio español. Y, con ellas, el papel unificador y de diplomacia blanda de la Orden del Toisón de Oro quedó reducido casi a la irrelevancia.

—Entonces el capítulo barcelonés no sirvió para nada...

—Fue el canto de cisne de la Orden. Un magnífico y espectacular canto de cisne del gran encuentro de los poderosos de su tiempo. Y nos dejó esta sillería decorada, que algunos estudiosos consideran la más bella de Europa en su género.

Mosén Bentanachs dio por concluida su explicación y Balmoral se vio tentado a aplaudir.

—El canto de cisne de los poderosos en la colina —reflexionó en voz alta el periodista—. Mucho poder en manos de muy pocos que deciden por todos. No es extraño que su recuerdo pueda provocar repulsa en nuestros tiempos más o menos democráticos.

—Sí, pero ¡con cuánta pompa y cuánta belleza lo gestionaban! Vamos a seguir fumando —ordenó el clérigo.

Cogió del brazo al periodista y cruzaron el claustro hasta un despachito que Bentanachs iluminó dando al interruptor de una lámpara de techo amarillenta y apagada. Sobre la mesa se acumulaban los dossiers, algunos de aspecto muy antiguo y polvoriento. Los dos raídos asientos para visitantes estaban cubiertos de libros; Bentanachs depositó en el suelo los de uno de ellos y acomodó a Balmoral. Encendió un pitillo.

—Qué satisfacción infringir de cuando en cuando las normas, ¿verdad? —comentó el sacerdote.

—Me ha contado la historia del coro. ¿Cuál es la intrahistoria de ese momento? Siempre hay alguna. Algún arcano.

Bentanachs rio y resopló.

—Más que intrahistoria es una anécdota. Las crónicas de época recogen una sucesión de ceremonias de gran formalidad bastante aburridas y protagonizadas por hombres, cosa habitual en la época y en la historia universal hasta hace poco. Pero al joven Carlos I le alegró su estancia en Barcelona una historia de amor.

—¿En serio?

—¿Has oído hablar de Germana de Foix?

—Algo... Una mujer de talento, segunda esposa de Fernando el Católico. Según dicen murió tras haberse excedido con sustancias afrodisiacas para cumplir en el lecho con un marido posterior.

—En efecto. Fernando estuvo siempre muy atento a la evolución de su nieto Carlos, a quien vio poco, ya que se estaba educando en Flandes con su otro abuelo, Maximiliano de Habsburgo, pero en quien puso siempre grandes esperanzas. Poco antes de fallecer, sabiéndose mayor, escribió a Carlos pidiéndole que cuidara de Germana.

—Y él lo hizo a conciencia.

—En cuanto se conocieron en Valladolid el futuro emperador se sintió fascinado por aquella joven atractiva, inteligente y con sentido de Estado. Él tenía diecisiete años y ella veintinueve. Pronto fueron amantes y Carlos se la trajo consigo a Barcelona, precisamente donde su abuelo Fernando, menos de treinta años antes, había sido objeto de un atentado.

—De modo que las áridas sesiones del Toisón tenían también sus compensaciones.

—Quizás para Carlos sí. El fantasma de las relaciones prohibidas sobrevolaba entonces su trayectoria de joven soberano. Germana era una política hábil, había representado a su difunto marido en algunas Cortes Generales, y el monarca confiaba mucho en ella. Hay indicios para pensar que ella le hacía más dulces las noches barcelonesas.

—¡La viuda de su abuelo!

—Sí, fue una historia llevada con discreción, pero pronto muy mal vista por la corte, desde donde brotaron acusaciones de incesto contra los protagonistas, que acabaron poniéndole término.

—Vaya con el joven Carlos. ¿Qué pasó con ella?

—Posiblemente él se inquietó con esas denuncias, o se cansó de ella, o ambas cosas a la vez. Vete tú a saber. Pero ese mismo 1519 la casó con un margrave de su séquito, y un tiempo más tarde la envió como lugarteniente general al reino de Valencia, donde se las arregló para reprimir la rebelión de las Germanías. Tras enviudar por segunda vez, Germana matrimonió con el duque de Calabria, a quien el emperador nombró virrey de Valencia. Ambos mantuvieron una corte protectora de las artes y las letras, al tiempo que Germana, amante de la buena mesa, desarrolló una obesidad mórbida que fue muy comentada.

—¡Ése, querido mosén, es un comentario gordofóbico que no esperaba de un sacerdote! —dejó caer Víctor.

—Un detalle histórico, simplemente, querido Balmoral. En cualquier caso, ya tienes tu información sobre la colina de los poderosos.

Balmoral reflexionó durante un momento.

—¿No le llama la atención que Carlos llegara a Barcelona muy poco después de que en Nápoles el gran Rafael o un discípulo suyo pintase a Isabel de Requesens?

—Es un momento de apogeo del Imperio español, y sus élites estaban permanentemente interconectadas. Fíjate que una prima de Isabel de Requesens, Estefanía, se casaría con Juan de Zúñiga, hombre de confianza del emperador Carlos, y en la práctica acabarían siendo tutores de Felipe II.

—Sí, me lo explicó la presidenta de Buenas Letras. En todo caso parece un gran momento para la ciudad, ¿no?

—Carlos y su corte trajeron a Barcelona un esplendor nunca visto. Más allá de los desencuentros económicos, que los hubo, entre el emperador y las instancias catalanas, su estancia barcelonesa dio mucho de sí en fiestas, ceremonias y agitación intelectual. Es la época en que Ignacio de Loyola, fundador de los jesuitas, se mueve por las calles de la ciudad protegido por las grandes damas de la burguesía y la nobleza, entre ellas Estefanía de Requesens, y en que los libreros multiplican su actividad. Los catalanes estaban encantados con Carlos, y el historiador

Pedro Voltes Bou, que recopiló una parte del epistolario imperial, escribió que por debajo de la prosa solemne de las cartas y los mensajes fluía, pese a las inevitables asperezas del quehacer político, una vena de optimismo, de ilusión y prosperidad. La época fue una de las más brillantes que Barcelona ha vivido jamás.

—Es decir, que fueron como unos años olímpicos *avant-match.*

—Algo así —sonrió el sacerdote—. ¿Qué pasa?

Tras llamar a la puerta entró el mismo sacerdote joven con *clergyman* que los había interrumpido pocos minutos antes.

—Mosén Bentanachs, le acaban de dejar esta carta urgente.

Era un sobre alargado y burdo. El cura lo abrió; dentro había otro sobre de papel satinado.

—Curioso. Es para ti —dijo pasándoselo a Balmoral—. ¿Quién lo ha traído?

—Ni idea, lo han dejado a los de seguridad de la puerta principal, ya sabe que no son excesivamente rigurosos.

Víctor leyó tres veces el papel que había en el sobre y se lo pasó a Bentanachs.

—¿Qué le parece?

Con la misma tinta y refinada escritura de los mensajes anteriores, el mensaje rezaba:

El obispo no llegó a pasar bajo su puente.

En aquel momento empezó a sonar una sirena; Bentanachs y Balmoral oyeron un fuerte alboroto, y un guardia de seguridad entró en el despacho.

—Mosén, hay que desalojar a toda prisa. Amenaza de bomba en la catedral.

Ya en casa, aquella noche, Víctor meditó sobre la sucesión de notas y de circunstancias que habían tenido lugar en los últimos días. Alguien quería llamarle la atención sobre determinados lugares o situaciones, pero a la vez adelantaba acontecimientos. ¿Estaba relacionada la frase sobre la reunión de los poderosos con lo que acababan de vivir en el principal templo barcelonés? Resultaba difícil no establecer, al menos por lo que a él se refería, algún tipo de relación.

Pero, aunque se trataba de un conglomerado de hechos intelectualmente sugestivo —aun con su nota inquietante— y periodísticamente sustancioso, Víctor recordó que le estaba haciendo apartarse de un encargo concreto, el de Benita Bach, sobre el que pesaba el tictac de un reloj ominoso, el que marca el último declinar de una vida humana. El periodista decidió que en los próximos días iba a dedicarse con mucho más empeño a la búsqueda de Regina Suelves.

Se preparó una tostada con aguacate, tomate y jamón dulce, y cenó como solía hacer en la mesa pequeña de la cocina mientras escuchaba una de sus listas musicales con éxitos de los años setenta y ochenta. *Let the River Run*, de Carly Simon; *Kiss Me*, de Sixpence None the Richer; *Dancing in the Moonlight*, de Toploader; *Place des Grands Hommes*, de Patrick Bruel; *The Way to Your Heart*, de Soulsister; *Don't Dream It's Over*, de Crowded House; *2000 Miles*, de The Pretenders; *Agapimú*, de Ana Belén;

Thank You for the Music, de Abba... Todas le traían buenos recuerdos de pasados momentos de su vida: flashes positivos, a veces intensos, no pocos de ellos vacacionales, algunos de sensaciones, muy de madrugada, en una discoteca al aire libre en Menorca o en Santorini...

Para acabar la cena y la sesión, el *Senza fine* de Gino Paoli en la versión canónica de Ornella Vanoni, la gran musa e inspiradora del genial compositor italiano. *«Senza fine [...]. Non hai ieri, non hai domani, tutto è ormai»*. Acostumbrado a tratar habitualmente con las distintas modalidades del peso del pasado sobre nuestras vidas, acrecentado ahora por los acontecimientos del Barrio Gótico, a Balmoral le gustaba y motivaba aquella celebración apasionada y hedonista del presente como única realidad de nuestras existencias.

Recogió la cocina, fue apagando luces, se cambió. Y, a continuación, un rato de lectura y a la cama.

Echó de menos la fantasmal pero cálida presencia de Tomàs, sus observaciones punzantes. Aquella noche el espectro no debía de querer corporeizarse.

Quizás en compensación por la ausencia de su amigo soñó con su madre, Marisa. Ella estaba trabajando en su tienda de ropa del paseo de Gracia cuando aparecía su padre, Gregorio. Alto y distinguido como siempre, con aquel aire a lo Burt Lancaster. Quería unas corbatas. Marisa le atendía como un cliente más, como si no le reconociera, sin rencor, sin reproches. Pero en aquel comercio no tenían corbatas. Él pedía entonces unos mocasines con borlas. Ella lo miraba con extrañeza —el pedido le parecía una horterada—, pero se los buscaba. Tampoco había. Al final, él salía de la tienda dando un portazo.

En la vida real, el señor Balmoral los había abandonado a él y a su madre cuando Víctor contaba apenas doce años, dejando a sus espaldas un rosario de deudas, pufos y amantes indignadas cuya existencia la familia había desconocido hasta el momento. Circunstancia que obligó a su madre a reintegrarse a toda prisa en el mercado laboral, porque el marido se había fundido la cuenta conjunta, que en un noventa y cinco por ciento contenía los bienes de ella y la pequeña herencia que había recibido de sus progenitores.

Marisa, durante un tiempo en shock por la jugada de su marido, que desapareció sin volver a dar noticias, fue una madre coraje que se puso las pilas para asegurar la manutención familiar, alquiló habitaciones a estudiantes, encarriló una tardía vida profesional y siempre se mantuvo fuerte y animosa.

Un ejemplo para Víctor, que nunca se apartó demasiado de su órbita. Que nunca estableció una relación sentimental lo bastante estable, susceptible de distraer el afecto que le profesaba. Y que varios años después de su fallecimiento seguía añorándola y la veía irrumpir a menudo en sus sueños, como esa noche.

CAPÍTULO SEXTO

La alcaldesa Berta Vives salió al balcón. A aquellas horas primerizas este movimiento favorecía una prolongada absorción de oxígeno mental y físico que la mantenía enérgica a lo largo de todo el día. A ella, bautizada como Norberta, hija de Gumersindo y Angustias, que llegaron a Barcelona muy jóvenes desde su remota provincia y, tras pasar por las preceptivas barracas, se habían abierto camino en la reticente sociedad catalana. No con facilidad: el padre reventado por las horas extras en las sucesivas fábricas que le acogieron, la madre limpiando escaleras un día tras otro en los edificios de la clase media. Berta había venido al mundo cuando empezaban a asentarse, como un regalo inesperado y tardío, y la concienciación política que su padre adquirió en el mundo de la industria se la había legado por la vía directa. Así que pudo estudiar en la universidad mientras hacía mil trabajos, a tiempo de participar en movimientos contestatarios y prácticas de escrache que marcaron el final de la primera década del siglo XXI y el inicio de la segunda.

Tras su paso por la Plataforma de Afectados por la Hipoteca ya era una líder. Y al cabo de cuatro años, y para muchos de forma incomprensible, se convirtió en la alcaldesa, izquierdista radical, de la supuestamente conservadora y burguesa ciudad de Barcelona. Frente a los muchos reproches que le fueron cayendo, ella no se consideraba una persona resentida sino una activista afortunada a quien las circunstancias de la vida habían colocado en situación de restablecer la justicia allí donde estuviera en su mano, hacer honor al legado moral recibido de sus progenitores y poner en su sitio a los prepotentes y a los zánganos de la sociedad catalana, que eran abundantes, allá donde tocara y sin que le temblara la mano.

Desde el balcón, Berta observó a los pocos transeúntes que recorrían la plaza de Sant Jaume a las siete de la mañana, aún con muy poca luz. Observó con cautela el edificio de enfrente, al otro lado de la plaza; algunos días habían cruzado miradas, cuerpo a cuerpo, a la misma hora, en la misma actitud, con su equivalente del palacio en el lado opuesto de la plaza, la presidenta de la Generalitat de Catalunya, Evelina Farriols.

Evelina era una nacionalista catalana muy de derechas, seguidora de una contradictoria fórmula consistente en dejar en los huesos el sector público y a la vez intervenir en él acabando *manu militari* con la inmigración, expulsando la lengua castellana de la esfera social y restableciendo el orden de toda la vida y las familias clásicas como pasos previos para conseguir la independencia de Cataluña. Ambas mujeres, de estilos muy diversos, no se tragaban demasiado, aunque se veían obligadas a coincidir de forma habitual en actos y conmemoraciones. Que algunas mañanas salieran al mismo tiempo a sus respectivos balcones indicaba que probablemente compartían un parecido afán ultraasertivo y una similar mirada posesiva sobre la ciudad.

Era un placer estar allí viendo arrancar el día, pero había que ponerle punto final, porque muy pronto se instalarían abajo con sus megáfonos los trabajadores de las antiguas Pompas Fúnebres, hoy Tanacure, servicio participado por el municipio, vestidos de negro y con máscaras de calaveras, exhibiendo pequeños ataúdes de madera, para protestar por sus desarreglos salariales, como llevaban varios días haciendo.

Berta regresó a su despacho; faltaban pocos minutos para la visita que esperaba. Como siempre se detuvo un buen rato ante el cuadro de Isabel Llorach, que colgaba allí desde varias alcaldías anteriores a la suya y no quiso mover. En este retrato de cuerpo entero de una joven con vestido oscuro cerrado hasta los pies y cuello y cinturón azules, que rompen la severidad cromática, Ramon Casas plasmó a la gran *socialite* de la Barcelona de los años diez y veinte del siglo pasado. Aquella heredera barcelonesa, aquella dama patricia, supo poner en marcha, entre otras iniciativas, el Conferentia Club para atraer a los grandes autores y filósofos de la época y culturizar a la buena sociedad catalana. Y lo tuteló personalmente durante bastante tiempo.

«Una figura de la cultura burguesa y elitista, de acuerdo —se dijo Berta—, pero también una pionera que rompió el techo de cristal femenino, disfrutó de su fortuna a su gusto, invirtiéndola en actividades culturales en vez de en placeres hedonistas, y además, con toda probabilidad...».

Isabel Llorach nunca se casó ni tuvo pretendientes conocidos. A cambio se veía regularmente y emprendía proyectos culturales, sociales y educativos con un círculo de mujeres fuertes de la época: María Luz Morales, Elisabeth Mulder, Ana Martínez Sagi, Irene Polo...

«Estoy convencida de que Isabel era lesbiana, al menos en potencia, y por las circunstancias de la época se vio obligada a llevar una vida secreta. Lesbiana como yo, con la diferencia de que lo soy a ratos y no tengo que ocultarme ni siquiera siendo alcaldesa. Fuiste una precursora, Isabel, y te rindo homenaje», pensó dedicándole una leve inclinación de cabeza.

La jefa de gabinete de la alcaldesa llamó a la puerta.

—Berta, el club de lectura.

—Hazle pasar.

Víctor Balmoral, aún somnoliento, dio la mano a la política y tomó asiento en el tresillo que ella le indicó.

—Decíamos ayer...

—¿Ayer? Nos vimos por última vez la semana pasada.

—Es una cita clásica, alcaldesa.

—Pues explícamela.

—Verás, estaba fray Luis de León...

El periodista y la primera autoridad ciudadana habían coincidido en varias ocasiones, pero fue en la cena de concesión del último premio Otoño de novela, inesquivable cita literario-social de la temporada, cuando habían hablado un poco a fondo. Los organizadores deseaban aquel año oxigenar las mesas institucionales con integrantes del mundo de la cultura, y Víctor había sido el elegido para compartir mantel con Berta, que tuvo al otro lado al presidente del grupo editor. Los tres compartían sentido del humor, y diplomacia para evitar temas agrios, y se rieron mucho durante el ágape. En cierto momento, Balmoral le preguntó a la alcaldesa por sus gustos literarios. Ella le explicó que había estudiado la carrera de Derecho pero que le gustaba mucho la literatura y que le había impactado especialmente la de Thomas Mann.

El periodista le contó a su vez que entre sus muchas ocupaciones solía dirigir talleres de lectura y que uno de los autores que más había trabajado era el alemán. La alcaldesa se interesó por cómo funcionaban, dando pie a Balmoral para una larga disertación.

—¿Y esos talleres —preguntó Berta— pueden desarrollarse con una sola persona, además del que dirige?

—Claro, se trata simplemente de comentar un poco a fondo un libro que todos los participantes han leído. Si son dos pues son dos.

—No quiero que la política y la gestión me oxiden. ¿Podríamos vernos tú y yo una vez al mes para hablar de temas literarios? Creo que me sentaría bien.

—Por supuesto, alcaldesa. Será un honor.

—Pero te los pagaré, ¿eh? No creas que me aprovecho de mi cargo como tantos de mis antecesores. Eso sí, tarifa de amiga.

A Balmoral le impresionó positivamente aquella mujer de cuarenta y pocos años, esbelta y de pequeña estatura, ojos grandes, melena castaña y rasgos suaves. Decidida y segura, sin agresividad aparente. Pocos días más tarde empezaban con las *Confesiones del estafador Félix*

Krull, para mantener el hilo abierto por Mann. Y después Víctor le diseñó un programa de lecturas del siglo XX que Berta aprobó, muy animada: *El gran Meaulnes*, *Las tribulaciones del estudiante Törless*, *La esperanza* de André Malraux, Borges, la *Justine* de Durrell...

Pero aquella mañana había otros temas de conversación.

—Vaya lío se montó ayer en la catedral, ¿no, alcaldesa? —se lanzó Víctor—. Aplicación del plan de evacuación, inspección general de posibles lugares para esconder explosivos, intervención de los cuerpos de seguridad, interrupción del suministro de electricidad, acordonamiento de la plaza, turistas inquietos, vecinos indignados... Hubo de todo. ¿Era necesario?

—Sí, fui informada al minuto y por si me quedaran dudas luego leí tu artículo. Sabes que los Mossos reciben unas cincuenta amenazas falsas de bomba al año, ¿verdad? En sedes de partidos políticos, discotecas, colegios, estaciones, hasta estadios deportivos... Algún día le tenía que tocar a la catedral. Pero todas las amenazas se deben tomar en serio, y cuanto más específica es la descripción de la bomba proporcionada por la persona que llama, es más probable que la amenaza sea real.

—En este caso, ¿qué detalles dieron en la llamada?

—Se refirió a un explosivo industrial. No te diré cuál. Pero ese aviso, recibido en el teléfono oficial de contacto de la catedral, sí concretaba que iba a explotar tres horas más tarde. Eso precipitó las cosas. Pero hablemos de novelas, si no te importa. Mi tiempo es muy limitado.

Tocaba comentar *Fiesta*, de Ernest Hemingway.

—Lo de los toros es un tópico como una casa. Pero el personaje de lady Brett me gusta, el arrojo mueve su vida. Y la España que pinta tiene su encanto, es popular y pintoresca —señaló la alcaldesa.

—Pensaba que te parecería machista y clasista.

—Machista lo es, pero lo de clasista no me parece tan claro. Hemingway muestra un gran respeto por toda la gente trabajadora, por quienes *saben lo que hacen* en sus diferentes estratos...

Se enzarzaron en una discusión sobre la geografía literaria del norte de España que la novela propone, de los Pirineos a Pamplona, y cuando la jefa de gabinete llamó a la puerta para indicar que la media hora había acabado y ambos se pusieron de pie, la alcaldesa cogió del brazo al periodista.

—Oye, que quede entre nosotros. Me han hablado también de unas extrañas cartas que han llegado a algunos responsables institucionales; ¿qué significan y de qué van?

—¿Ya ha hecho circular la historia el director del Marès? Imagino que sí, es un museo municipal, al contrario que la catedral y Buenas Letras...

—Verás, antes de estrenarme como alcaldesa yo pensaba que el Barrio Gótico, como las Ramblas, representaba el modelo de turismo masificado que tanto daño ha hecho a Barcelona y que había que corregir drásticamente. Ahora lo veo de otra manera. Muchas tardes, cuando acabo de trabajar aquí, paseo por las calles, veo esos edificios centenarios...

—Y te atrapa su encanto.

—Sí, la atmósfera gótica tiene algo especial, sobre todo en invierno, con las calles húmedas tras la lluvia.

—Si no llueve, a veces el olor es a la orina de los noctámbulos.

—Me gustan los viejos anticuarios, las tiendas de objetos religiosos llenas de rosarios, estampas y crucifijos... Aunque pueda parecer contradictorio, dado mi currículum —bromeó Berta Vives, que había protagonizado varios sonados enfrentamientos con las autoridades eclesiásticas, a quienes pretendía subir las tasas urbanísticas de las iglesias locales.

—Cada vez quedan menos, ahora ceden sus espacios a establecimientos de souvenirs para guiris.

—Después de que se declarara la pandemia y el confinamiento, me reincorporé a la alcaldía en cuanto pude. Salía de tanto en tanto a airearme. Pasear por aquellas calles vacías, en las que volvía a resonar el eco de los pasos, traía una memoria de siglos que me embrujaba.

—¡Caramba! Tras tu perfil político, tan resolutivo, atisbo a una auténtica soñadora.

La alcaldesa sonrió ante el comentario.

—Dentro de la tragedia que envolvió todo aquel episodio, estos paseos en solitario por el Gótico constituyen una de las mejores experiencias que he vivido —afirmó contundente—. Este lugar destila una densidad especial, una vivencia del peso de las generaciones. Y por eso me llama mucho la atención que encuentren un cadáver emparedado en un palacio en obras al tiempo que algunas de las personas más influyentes de la zona empiezan a recibir cartas misteriosas. Qué decir de la amenaza de bomba...

—En la segunda de las cartas que recibí, se avisaba: «La destrucción de las bombas esconde la del tiempo. El Barrio Gótico es un polvorín. Por el bien de todos procura, investigador, que no estalle». Y no ha estallado, se trataba de una falsa amenaza.

—Suficiente para abrir una investigación. Tienes que dar parte de esa misiva.

—Y lo haré. Estoy siguiendo todo el tema. Sobre la mujer del Palacio Sallerich pronto se sabrá algo. Probablemente seguiré escribiendo sobre las cuestiones no aclaradas de esta vecindad.

—Me gustaría que me tuvieras al tanto de lo que vayas encontrando.

—A cambio de que me des la exclusiva de tus declaraciones cuando tenga todo el material listo para publicar.

—Hecho. ¿Cuál será nuestro próximo libro?

—¿Qué tal *Las olas*, de Virginia Woolf?

—¡Seguro que me encantará!

—Fenómeno. Y por cierto, ¿podrías indicarme dónde hay un lavabo?

Víctor y la hermana Eva cruzaron la Rambla y continuaron por la calle Hospital hasta la plaza de Sant Agustí, en las inmediaciones del mercado de la Boquería y del histórico teatro Romea. La religiosa guio al periodista por el interior de un vasto edificio de fachada gris. Había mucho ajetreo.

—Éste es el comedor social, aquí alimentamos a cuatrocientas personas cada día —dijo Eva—. ¿Quieres ayudarnos hoy?

Balmoral, sorprendido por el abordaje, no pudo sino responder, aunque con ciertas dudas, afirmativamente.

La religiosa le dio un delantal limpio y unos guantes finos de goma y le llevó hasta la cocina, donde tres hermanas y dos hermanos de la orden estaban cocinando en unas grandes ollas. Saludaron a Eva, que les presentó a Víctor.

—Es periodista y hoy viene a echar una mano.

—Hable bien de nosotros —le pidió un hermano muy alto con acento eslavo.

En el comedor estaban dispuestas largas mesas de formica, donde poco a poco se iba sentando la gente que entraba, de todas las edades y etnias. Un crucifijo presidía la pared principal.

—Veo que mucha gente os conoce —comentó Víctor—. ¿Cómo funciona esto?

—Las dependencias son del monasterio vecino, que nos las cede. Hacemos dos turnos, a las diez y media de la mañana y a las doce. Damos un plato base de legumbres o patatas con algo de carne, agua y frutas. Y mucho pan. Estamos abiertos a todo el que quiera venir. La única exigencia es que no lleven gorras, por motivos de higiene, ni auriculares, para no dispersar la atención.

—¿Y de dónde sale esta comida?

—Nos llega o vamos a buscarla un día por semana. Nos abastecen los bancos de alimentos, donaciones de empresa, de particulares... Gracias a Dios, hay mucha gente dispuesta a colaborar con nosotros.

—Listo el guiso, Eva —gritó una de las hermanas de la cocina. Olía bien.

—Perfecto. ¿Preparados, voluntarios?

Una docena de hombres y mujeres que estaban esperando junto a la cocina, en su mayoría en edad de jubilación, vistiendo delantales como el que llevaba Víctor, se activaron.

—¿Te pones con ellos? —le animó la religiosa.

El comedor se había llenado. Los voluntarios colocaron las ollas en los estantes superiores de unos carritos metálicos, que guardaban en la parte de abajo platos soperos. Pasaron mesa por mesa llenando los platos de un guiso de lentejas con butifarra y repartiendo pan.

—Un momento de silencio —dijo Eva desde el centro de la sala. Y procedió a la breve oración:

—Bendice, Señor, estos alimentos...

Bastantes de los comensales la escucharon con atención y se persignaron al acabar ella. Otros no demostraron el menor interés por el rito. Tras sus palabras, los asistentes empezaron a comer. A Víctor se le asignó una jarra de agua, con la que fue de mesa en mesa rellenando vasos.

—Usted es Balmoral, ¿verdad?

—Sí...

Quien se había dirigido a él era un hombre muy delgado, con melena y barba gris, ya en la sesentena, vistiendo una americana a cuadros envejecida, pero vistosa.

—Leo sus artículos en *La Voz de Barcelona*, me gustan. Le he reconocido por la foto que acompaña la firma. Quería felicitarle.

—Caramba, muchas gracias.

—Se preguntará qué hago aquí. Pues le cuento: soy argentino y en mi país era profesor de Filosofía. La crisis económica me animó a venir a España con mi mujer.

Pero las cosas no han dejado de ir mal: he enlazado trabajos precarios hasta quedarme sin nada, ella me ha abandonado para irse con otro, estoy en la ruina. Ya ve. Así que aprovecho la hospitalidad de las generosas hermanas y vengo a comer cada día. Y luego voy a la Biblioteca Sant Pau, justo aquí al lado, a leer la prensa. Por eso le sigo.

—Espero que le mejoren las cosas. ¿Cómo se llama?

—Horacio Gómez.

—Ha sido un placer hablar con usted, Horacio.

Al acabar el primer turno, Víctor recogió platos y los llevó con el carrito a la cocina.

—¿Los dejo en el lavaplatos?

Varios de los hermanitos rieron.

—Aquí lavamos a mano. ¿Te sumas?

—Si es lo que toca...

Alineado frente a uno de los fregaderos, Balmoral frotó y limpió con estropajo de fibra, jabón y agua caliente los platos que le fue pasando otro voluntario. Al acabar tiró los guantes de goma a un cubo de basura.

—¿Qué te ha parecido? —le preguntó Eva, ya de salida.

—Estoy impresionado. Y hablando con ese profesor de Filosofía, me he puesto en su piel y he pensado que tampoco sería tan raro que un día me tocara a mí venir como uno de vuestros clientes.

—No, no lo sería. A cualquiera de nosotros se le puede torcer la vida en un momento inesperado. Ven, te acabaré de enseñar. En este cuartito —dijo señalando un espacio cerrado— guardamos las mangueras; al terminar el segundo turno se hace una limpieza muy a fondo, si vienes a las cuatro de la tarde notarás que todo huele a lejía. Y detrás de esa otra puerta están las duchas, que ponemos a disposición de los sintecho que vienen aquí. Disponen de unas taquillas para dejar la ropa, que vigila uno de nuestros voluntarios.

—¡Estáis muy bien organizados!

—Puedes volver cuando quieras.

Eduard Folquera dio cita a Víctor en El Paraigua. Esta veterana coctelería con espejos modernistas, mesas redondas de mármol y suelo de damero alberga en su sótano trozos de una muralla del siglo XI y fue la residencia del enigmático hombre de negocios medieval Ricard Guillem. Cerca del Ayuntamiento, había constituido otro punto de encuentro en la lejana juventud común del historiador y el periodista, cuando los contraculturales del momento se deleitaban frecuentando los bares con viejo pedigrí y haciéndolos suyos. La mayor modernidad y la más genuina y pétrea antigüedad se habían dado cita allí, tal vez como señal manifiesta del espíritu que impregnaba aquella Barcelona en la que se formó Víctor Balmoral.

Folquera tenía buen aspecto. Moreno, el cabello resistente, ropa de marca de la que se encuentra en las tiendas buenas y aún no franquiciadas de las ciudades pequeñas.

—Gracias por venir —dijo Víctor—. Te veo estupendo.

—He intentado cuidarme, pero en realidad estoy bastante fastidiado. Lo que ves es sólo la fachada. A los de nuestra generación, pobrecitos, y me refiero a los que seguimos en pie, la vida no nos ha tratado demasiado bien. Con los años me voy encontrando a mucho depresivo y a mucha fracasada, quizás las expectativas eran excesivas. Y sobre todo me encuentro mucha vida gris. Lo digo sin acritud, ¿eh? Supongo que algo así ocurre con todas las generaciones, y además, dada la carrera de Letras que hicimos, no había mucha alternativa: ya entonces sabíamos que los más listos llegarían como mucho a catedráticos de instituto. Con la excepción de algún independiente como tú, que has hecho una buena carrera en el periodismo, supongo que sirviendo bien a tus amos, felicidades.

Balmoral decidió dejar pasar el dardo.

—O tú, que la has hecho en la universidad —respondió—. Pero acuérdate de que de nuestro curso han salido también varios personajes con ocupaciones variopintas, desde el bombero y el empresario de viajes en globo hasta las tres concejalas primero comunistas, luego socialistas y hoy una de ellas incluso independentista que tenemos en distintas poblaciones catalanas. Si hubieras acudido a nuestras cenas conmemorativas lo sabrías, supongo que estabas demasiado ocupado desempolvando piedras en algún paraje inhóspito. Brindemos por ellos, por nuestros compañeros.

Eduard chocó su bebida isotónica con la Coca-Cola de Víctor.

—Conque estás tras la pista de Regina, ¿no? ¿Qué te interesa saber?

—Qué fue de ella, por qué desapareció, las posibilidades de que siga viva.

—¿Por qué yo?

—Tu relación primero triangular y luego a dos te

convierte en una de las figuras que han tenido más peso en su trayectoria.

—No sé si te tengo que contar esto, pero si es en interés de su hija, en fin... Regina fue clave en mi vida porque la trastocó de arriba abajo. Tras embarcarnos en Barcelona en aquella relación imposible con Arturo, que duró un año y pico, me llevó a Oriente. Pasamos varios meses en la India, Tailandia e Indonesia, viviendo muy pobremente, experimentando con todo lo que tuvimos al alcance de la mano. Entonces aún quedaban restos de los paraísos hippies de los años sesenta, la guerra de Vietnam había acabado y en Birmania dejaban atrás una gigantesca carnicería que tardaríamos años en conocer. Una noche en Pagsanjan, ya sabes, junto al río filipino donde Ford Coppola rodó *Apocalypse Now,* me dijo que quería seguir el camino sola. Me hizo un gran favor, aunque entonces lo viví como una enorme putada. Volví a España, senté cabeza, me pasé los seis años siguientes estudiando. Tesis doctoral, clases, oposiciones, cátedra. Y aquí me ves. Fue una relación muy intensa, que me trastornó. Hay que haber vivido algo así para entenderlo.

—Haré el esfuerzo. ¿Qué pasó con ella?

—Bastante tiempo después de nuestra despedida en Filipinas vino a verme. Empezaba a estar visiblemente deteriorada. Me dijo que lo que más le gustaría del mundo era desaparecer. Le pesaba la vida, su familia, la época que vivía, sus propias incapacidades, me confesó. Le daba vueltas a una novela que le había dado mucho que pensar, *Los mares del Sur,* de Manuel Vázquez Montalbán.

—Es curioso, su hija también mencionó ese título.

—Me gustaría conocerla, a su hija. Montalbán, que

como sabes nunca abandonó la militancia comunista, desplegó en esta novela una crítica a los millonarios de la izquierda exquisita catalana que solía frecuentar. El protagonista, Stuart Pedrell, atormentado por la mala conciencia tras haber construido con malos materiales uno de aquellos barrios de extrarradio del desarrollismo franquista, decide penar sus culpas yendo a vivir allí mientras cuenta a todo el mundo que se ha ido a la Polinesia. Es interesante que la idea le viniera del mismo medio que criticaba.

—¿Qué quieres decir?

—El industrial y filósofo, y millonario, Salvador Pániker, me aseguró que había sido él quien se la había dado a Vázquez Montalbán, durante una fiesta de altos vuelos en el Empordà.

—¿Y qué pasó tras esa charla de Regina sobre las virtudes de la desaparición?

—No la volví a ver. Aunque un conocido común, el galerista Omar Blancafort, me contó que tuvo cierto trato con ella un tiempo después a propósito de una obra de arte propiedad de Regina, pintada por Russ Faring durante su estancia barcelonesa. Podrías hablar con él, su galería está en la calle de la Palla.

—La conozco. Así lo haré, y te agradezco mucho la confianza —dijo Víctor—. Por cierto, me ha gustado que me dieras cita en este bar. Me trae recuerdos juveniles y a la vez me liga al presente. Por alguna razón en los últimos días todo me trae a estos espacios. Es como una enorme casualidad.

Eduard sonrió con un amago de condescendencia.

—La casualidad no existe, Víctor, lo que existe es la

sincronicidad. Lo dijo el gran Carl Gustav Jung, llamamos «coincidencia» a aquello cuyas relaciones de causa y efecto no sabemos establecer o no nos atrevemos a confesar. Quizás deberías tenerlo presente cuando vuelvas a preguntarte qué te liga a este sitio.

Balmoral y el historiador salieron a la calle. Al periodista le asombró que su compañero le cogiera del brazo.

—No te importa, ¿verdad? Me muevo mal, tengo vértigos. Además, esta imagen de dos hombres cogidos del brazo es como propia de los intelectuales de la generación del 98, tan entrañables... Quién volviera a aquella época.

Al pasar bajo el puente que une la catedral con el Palacio Episcopal, Víctor comentó:

—Mi padre solía explicarme que por aquí se escapaban los obispos a ver a sus conquistas. Femeninas. O quizás masculinas. Mi progenitor era bastante anticlerical.

Folquera rio abiertamente.

—Hay tantas leyendas sin demasiada base... ¿Puedo hacer una breve disertación? Soy un profe, ya sabes.

—Por favor, adelante... —respondió Balmoral con cierta sorna.

—Esta zona se empieza a reformar con la apertura de la Via Laietana en 1908, y las obras ganan peso poco más tarde en tiempos de la Mancomunitat, cuando mandaban por primera vez en Cataluña los nacionalistas. El propio Antoni Gaudí, en un descanso de su trabajo para la Pedrera, le propone al futuro presidente Puig i Cadafalch tirar abajo los edificios del siglo XIX y llenar la zona de agujas góticas. La transformación se acelera e intensifica tras el golpe de Estado del general Miguel Primo de Rivera en 1923. Pero el nombre de Barrio Gótico no se menciona hasta 1925 en un artículo de la *Revista de Arquitectura de Madrid*, y dos años después el arquitecto Rubió i Bellver publica el artículo *«Taber Mons Barcinonensis»*, donde le da ese nombre en varias ocasiones. Rubió, una referencia gremial del momento, discípulo de Gaudí, decía que en él hay muy poco gótico y pide que se conserve el barrio, pero que antes «lo hagan».

—Su propuesta iba en la línea romántica de Viollet-le-Duc, claro.

—Este puente de aspecto gótico flamígero que dices que le gustaba a tu padre —siguió Eduard señalando la pasarela de piedra bajo la que acababan de pasar—, y que por cierto es una incorporación, obra precisamente de ese mismo Rubió i Bellver, constituye una falsedad más, puesto que se construyó en 1926. Une el Palacio de la Generalitat, antes Diputación, con la casa donde vivían los canónigos de la catedral. Distintos arquitectos y publicistas llevaban tiempo planteando la conveniencia de derribar los edificios de menor calidad estética del barrio, en especial todo lo que tuviera un aire moderno, para que quedaran en pie sólo los de la época gótica, y éstos reformarlos y ponerlos al día, reforzando su estilo con incorporaciones a menudo ajenas al propio edificio, para deslumbrar a los visitantes. Así la zona adquiriría un fuerte sabor histórico que se exacerbaría cerrándola al incipiente tráfico.

—Y así se hizo...

—En efecto, se limpió a fondo y se tumbó lo que no

interesaba. En la plaza frente a la catedral, espacio diáfano que hoy puedes admirar, se alzaban construcciones anodinas y abigarradas. Las derrocaron dejando limpia la visión del templo. El hasta entonces denominado Barrio de la Catedral se convirtió en una zona turística pionera, que se quería emplear institucionalmente como una tarjeta de visita de la ciudad. Había nacido el Barrio Gótico. Por cierto, a los habitantes de aquellas casas que se tiraron abajo se los envió a las barracas de Montjuïc y de la playa.

—Un destino poco envidiable. Vaya reformistas, parece que el bienestar humano no les preocupaba mucho.

—Sospecho que no era su prioridad y que creían que para hacer tortillas no hay que vacilar en romper huevos. Estos promotores, para conseguir el efecto estético deseado, cambiaron de emplazamiento fachadas enteras y transformaron por todas partes ventanas normales en ojivas coronelas, que se consideraba el modelo histórico óptimo del gótico catalán. Se seguía el ejemplo de la Carcasona reinventada por Viollet-le-Duc, y de ciudades como Bruselas, que se habían modernizado al tiempo que se restauraban y revalorizaban sus zonas más históricas.

—Aplicaban la teoría de la «reconstrucción hipotética» del arquitecto Florensa, ¿no?

—Sí. Florensa, un hombre de espíritu *noucentista* autor de celebrados edificios como la Casa Cambó, era el arquitecto jefe municipal de Barcelona. Su aportación resultó fundamental. Pidió que, cuando hubiera que suprimir o desmontar un edificio barcelonés de valor histórico, volviera a montarse en el Barrio Gótico. Ocurrió con la Casa Clariana-Padellàs, donde hoy está el Museo de Historia de la Ciudad, y con las escaleras del Museo Marès. Y a propósito del conjunto resultante se llegó a hablar de una «acrópolis gótica», aunque buena parte de los edificios restaurados eran de hecho renacentistas, o bien una suma de capas de construcción correspondientes a etapas muy diversas. Paso a paso en la denominación se incluyó a la catedral y la capilla de Santa Ágata, la Diputación, el Ayuntamiento, la iglesia de los Santos Justo y Pastor y el Palacio Episcopal.

—Su núcleo turístico creció.

—Mucho. Y después se incluyó también en el plan de reforma al Palacio Real, el Archivo de la Corona de Aragón, la Pia Almoina, las casas de los Canónigos y del Arcediano... Todos fueron cuidadosamente restaurados atendiendo a la «reconstrucción hipotética». Claro, eran edificios que habían vivido tantas etapas que los podrías haber adscrito a cualquiera de ellas. En el proyecto desplegado a lo largo de muchos años se contó siempre con el apoyo de las autoridades. «El Excmo. Sr. Alcalde es más, mucho más que favorable: es un entusiasta del Barrio Gótico», escribía Florensa en 1958. ¡Claro, aquello era un éxito turístico y de imagen por donde los mandamases del Ayuntamiento paseaban cada dos por tres a los visitantes ilustres de la ciudad! De hecho, cuando a Florensa le llegó el momento de la jubilación como funcionario municipal, el alcalde Porcioles, que lo quería cerca, le nombró conservador de la Ciudad Antigua, manteniéndole el despacho.

—Me estás hablando de una sucesión de invenciones.

—Perdona, paremos un momento, me canso.

Ambos se detuvieron y el historiador trató de coger

aliento. A Víctor le dio la impresión de que Folquera estaba envejeciendo por momentos durante aquel mismo paseo. Cuando pareció recuperarse, continuaron.

—Un estudioso actual —prosiguió—, Agustín Cócola, propone una interpretación crítica. Con el Barrio Gótico, en los últimos cien años, se ha tratado de abordar el pasado de diferentes maneras: primero, como emblema de un momento medieval catalán glorioso por parte de los nacionalistas de los años diez, y después, durante la época de Primo de Rivera y el franquismo, con objetivos monumentalistas; en todos esos casos el pasado se utiliza como ideología. En la versión actual, el pasado es otra de las mercancías para el turismo que ofrece la ciudad-empresa. Pero todos estos abordajes que se han ido produciendo a lo largo del tiempo coinciden en dos axiomas: los monumentos aislados no son nada, lo que vale es el conjunto; y hay que «armonizar lo insulso». Por eso practican la comentada «reconstrucción hipotética».

—Pero todo ello no se ha conseguido sin polémicas, ¿verdad?

—No, claro. En los inicios, algunos columnistas consideraron todo el proyecto una falsificación intolerable. Otros protestaron porque el modelo gótico aplicado era un sincretismo, una síntesis de épocas que no respondía a ningún momento arquitectónico real. Se contó con el empuje del presidente de la Diputación en tiempos de Primo de Rivera, José María Milá, conde de Montseny, hombre muy enérgico. Restauró por completo el Palacio de la Diputación, que hoy es de la Generalitat, y lo llenó de pinturas que celebraban la aportación de Cataluña a la historia de España; devolvió su tono gótico al patio de los naranjos y encargó este puente, que en las horas del atardecer da un aire fantástico a la zona. En estos momentos las pinturas españolistas se están retirando, el poder nacionalista catalán las considera ofensivas. Pero la historia que las inspiró no puede borrarse.

—¿Y qué hay de las misteriosas andanzas de los obispos de un edificio a otro?

—El único misterio que hay aquí en este sentido es el que se cierne sobre el obispo Irurita.

—¿Quién era? ¿Qué le ocurrió?

—Que tras la Guerra Civil no se supo si estaba vivo o muerto.

—Eso me interesa mucho. ¿Te importa que te deje un momento? Voy a entrar en el lavabo de este bar.

Estaba ocupado y Víctor hubo de esperar un rato, mirando nerviosamente el móvil y dando golpecitos con el pie en el suelo, hasta que se abrió la puerta.

—Urgencias continuadas, ¿verdad? —comentó comprensivo el profesor, que le había esperado en la calle—. Casi todos los veteranos estamos igual. Es la factura que nos pasa el destino por la supervivencia. Yo me operé de la hiperplasia prostática hace un par de años. Tuve suerte, me encontraron un carcinoma que de otro modo no hubiera aparecido, y que podría haberse complicado.

—Yo también tengo hiperplasia benigna. La estoy manteniendo a raya con tamsulosina y otros medicamentos, pero el urólogo me dice que considere operarme. ¿Para lo demás te funcionó?

—No al cien por cien, pero sí bastante. Las urgencias

se han reducido quizás a la mitad. Y en «lo demás» mi vida no ha empeorado, si a eso te refieres. No te he comentado que tras la experiencia shock de Regina me casé con otra, me divorcié hace años y ahora vivo con una compañera de la facultad, antigua estudiante de mis cursos, una profesora de primer nivel. Y nuestra vida es muy completa.

Víctor se azoró.

—Oye, que no quería ser indiscreto...

Los dos antiguos compañeros, a un paso muy lento, habían llegado al Palacio Episcopal y se detuvieron frente a una hornacina con la escultura de un sacerdote bendiciendo.

—Este palacio —señaló Eduard—, iniciado en el siglo XIII, fue reformado en el XVIII. Y esta hornacina está dedicada al obispo Irurita. La respuesta precisa a tu pregunta tiene su qué. Te la iré explicando mientras caminamos.

—¿No prefieres que nos detengamos en algún lado?

—No, estoy bien, me gusta andar. Aunque poco a poco. ¿Preparado?

—Adelante.

EL MISTERIO DEL OBISPO IRURITA

—Se estaba acabando la Guerra Civil. El 28 de enero de 1939, dos días después de que las tropas de Franco entraran en Barcelona, algunos transeúntes se toparon con un fantasma.

—¡Buen inicio! Sé de lo que hablas.

—¿Perdona?

—Sigue, sigue.

—El señor Francesc Aragonés, que caminaba con sus hijos Josep Maria y Joan, además de con otro amigo suyo y su hijo, vio salir a dos personas del Palacio Episcopal. Y una de ellas era nada menos que el obispo Manuel Irurita, quien había desaparecido durante la contienda, y al que se daba por fallecido. Aquellos católicos fervientes que se dirigían a la misa de campaña celebrada en la plaza de Cataluña por el ejército vencedor se aproximaron a besarle la mano, como era costumbre ya perdida.

—Perdida, pero no tanto; cuando yo era niño aún se practicaba.

—«Señor obispo, ¡qué alegría! Pensábamos que le habían matado», le dijeron, entusiastas. Y se encontraron con la insólita respuesta del eclesiástico, muy alterado. «¡No griten, que me comprometen!», advirtió. Y salió rápidamente de escena junto a la persona que le acompañaba.

Eduard hizo una pausa para encender un cigarrillo.

—Otro barcelonés, un médico, Josep Raventós, se había acercado al grupo al ver la escena y también daría testimonio de que vio al religioso. En total seis personas declararon formalmente, en varias ocasiones, haber identificado a Irurita en esta aparición sorpresa.

—Caramba.

—Supongo, Víctor, que sabes o intuyes que como historiador siempre me he comprometido con el pensamiento crítico y progresista, y no soy sospechoso de ningún tipo de revisionismo.

—¡No me atrevería! —ironizó el periodista.

—Pero es un hecho que, en Cataluña, tras el fracaso del levantamiento militar en julio de 1936, se produjo una insurgencia revolucionaria que iba mucho más allá del mantenimiento de la legalidad republicana, y que contaba entre sus elementos distintivos con el anticlericalismo y la persecución religiosa. Se identificaba a la Iglesia con el poder conservador que había regido a España durante siglos y se consideraba un elemento que había que eliminar radicalmente. Miles de sacerdotes, y es una cifra contrastada, fueron encerrados, torturados y muchos de ellos asesinados por los extremistas, en general de ámbitos ácratas radicales, hasta que las autoridades republicanas autonómicas y luego los comunistas consiguieron frenar esa represión, que fue durísima. Hay que recordar que, a diferencia de otras tierras españolas, Cataluña se mantuvo en zona republicana hasta el final del conflicto, con lo cual la represión, en ese periodo, se desencadenó sólo de un lado.

—No me dices nada que no sepa.

—Poco antes del estallido de la guerra, Irurita había visitado en Lérida a su amigo el obispo Salvio Huix. Ambos, según quienes asistieron a su encuentro, coincidían en preguntarse si se consideraban «dignos de martirio». Era una hipótesis que los religiosos de entonces tenían muy presente. Cuando el clima barcelonés empezó a enrarecerse, los consejeros del prelado le sugirieron que se escondiera. Irurita era un eclesiástico conservador, un navarro carlista y peleón que se había opuesto públicamente a medidas de la República como la disolución de la orden de los jesuitas, y constituía un claro objetivo para los revolucionarios; estaba en peligro. Pero no se achantaba. El Palacio Episcopal barcelonés fue asaltado el 21 de julio de 1936, pero el obispo fue puesto a salvo *in extremis* por sus colaboradores.

—¿Y se quedó en Barcelona? ¿A pesar del peligro que corría?

—¡Ay, ésta es la cuestión! Pese al consejo unánime de las personas más cercanas a él, se resistió a dejar la ciudad. Un joyero católico, Antonio Tort, le acogió en su casa de la calle del Call, también en el Barrio Gótico, junto con su asistente y sobrino, el religioso Marcos Goñi. Tort, un hombre entregado y generoso, ya había albergado allí a cinco religiosas carmelitas. En este refugio que le amparó durante unos meses el obispo celebraba dos misas cada día, tutelaba la adoración continua al Santísimo y realizaba pinitos manuales en el taller de sus anfitriones. Pero llevaba mal la clandestinidad.

—¿Por qué?

—Él quería correr la misma suerte que los sacerdotes más desfavorecidos de su diócesis, y en varias ocasiones manifestó su voluntad de desplazarse al cercano Palacio de la Generalitat para entregarse a quienes dirigían la nueva situación.

—Vocación de martirio.

—Difícil de entender hoy en día, ¿verdad?

—He conocido otros casos de hombres y mujeres de los años treinta del siglo pasado que antepusieron sin pestañear sus convicciones a su propia vida —señaló el periodista—. Y no estoy muy seguro de si eso es bueno o es malo.

Se detuvieron. Eduard resoplaba. Y enseguida siguieron.

—¡Eres un relativista, Víctor! —replicó el historiador—. Hubo algún plan alternativo. Un jesuita le propuso salir de la ciudad en un barco italiano, como tantos otros que se sentían amenazados por la revuelta barcelonesa, pero Irurita se negó. Y entretanto le llegó la información de que a su amigo Huix, que aceptó la protección de la Guardia Civil, lo habían asesinado en agosto en Lérida.

—Debió de ser una noticia tremenda para él.

—A partir de aquí empiezan las discrepancias. La versión oficial es que monseñor fue identificado y detenido durante un registro domiciliario en casa de los Tort el 1 de diciembre de 1936. Lo llevaron a la checa del Poblenou, ya sabes, uno de esos centros de interrogatorio y tortura que abundaban por entonces, luego a la de la calle San Elías, y de allí, como se hacía a menudo, lo trasladaron con algunos compañeros de cautiverio al cementerio de Montcada, a pocos kilómetros de Barcelona, en cuyos muros fueron fusilados sin juicio el 3 de diciembre.

—He estado en esa checa de San Elías, la han conservado parcialmente y puede visitarse. Da muy malas vibraciones. ¿El fusilamiento se hizo público?

—La noticia de su muerte la dio el general rebelde Queipo de Llano en su habitual alocución radiofónica desde Sevilla y causó gran revuelo en los medios católicos. Pero para celebrar sus funerales hubo que esperar a que acabara la guerra: en junio de 1939 se celebró un acto solemne presidido por el cardenal primado de España y arzobispo de Toledo Isidro Gomá. Y el cadáver, real o supuesto, no fue localizado hasta mayo de 1940, en la fosa común de Montcada, junto a los de Antonio y Francisco Tort, que le habían acogido.

—¿Quién los identificó?

—Pues miembros de la familia Tort y personas próximas a Irurita. El examen dental resultó positivo. En esa fosa aparecieron otros mil quinientos cadáveres, de los que se pudo reconocer a quinientos; los anarquistas de la FAI solían ejecutar allí con ametralladoras a los prisioneros de veinte en veinte. Considerado mártir de la Cruzada, en 1943 los restos de Irurita se trasladaron a la capilla del Cristo de Lepanto en la catedral barcelonesa.

—¿Y las personas que supuestamente le habían reconocido en 1939?

—Desde los primeros momentos aparecieron versiones que discrepaban de la que acabo de contarte. Para empezar, no hay testimonios directos del fusilamiento, aunque sí nos ha llegado un relato de segunda mano de sus últimos minutos, cuando Irurita habría bendecido a sus asesinos. Pero en un documento aparecido en los archivos vaticanos consta que en octubre de 1937 se negociaba su liberación. Se ha especulado también con que el obispo habría entregado al líder anarquista Buenaventura Durruti tres millones de pesetas a cambio de que se respetara a los sacerdotes de la diócesis, algo que, si de verdad se produjo, no se cumplió por parte anarquista. Y se dijo también que, tras ser detenido, lo encarcelaron en el castillo de Montjuïc, hasta que, protegido por el nuncio vaticano, escapó de Cataluña para refugiarse en una cartuja italiana.

—Todo esto suena a especulaciones fantásticas.

—Hay más. En febrero de 1939, la agencia francesa Havas informó de que Irurita había reaparecido; noticia importante, porque durante la Guerra Civil fueron asesinados once obispos españoles. Y por último, un libro reciente recoge el testimonio de un confidente de la policía, según el cual al obispo lo asesinaron al final de la Guerra Civil, entre la Seu d'Urgell y Andorra, unos militantes de la CNT.

—Y cabe preguntarse...

—¿Qué ocurrió con el religioso? ¿Fue en efecto fusilado en Montcada? ¿Lo mataron más tarde? ¿O bien desapareció para llevar una nueva vida? Y si sucedió esto último, ¿fue por sentimiento de culpa, por vergüenza de seguir vivo, por algún desarreglo personal consecuencia de los traumas experimentados?

—Muy psicológicas estas especulaciones tuyas. No sé si en aquel momento podían funcionar...

—Quizás sí. En cualquier caso, las dudas paralizaron el proceso de beatificación de Irurita iniciado en mayo de 1959, y que junto al de otros sacerdotes también considerados mártires de la Guerra Civil fue cerrado por orden de Pablo VI en 1964, justo el año en que la diócesis de Barcelona pasó a ser archidiócesis, por considerar que «no era el momento» de llevarlo a cabo. Posiblemente el Papa tuvo presiones por parte de la izquierda vaticana para no hacerle ese favor de imagen a Franco, que estaba celebrando los llamados «veinticinco años de paz». El proceso se ha reabierto en distintas ocasiones, pero el rompecabezas que envuelve la figura de Irurita acaba siempre por paralizarlo. El año 2000 sus restos fueron sometidos a una identificación por ADN comparado con el de sus dos hermanas, Regina y Raimunda, y el resultado fue positivo en un 99,9 por ciento, lo que no dejaba espacio a dudas razonables.

Víctor carraspeó.

—Y tú, Eduard, ¿cómo conoces tan bien este tema?

—Era yo un niño —concluyó Eduard Folquera— cuando mi madre, una creyente firme, me habló por primera vez del obispo Irurita y la extraña identificación que había tenido lugar en 1939. Se trata de una historia que siempre me ha obsesionado. Y en las muchas noches en que caminaba por un Barrio Gótico solitario y oscuro, te hablo de antes de la invasión del turismo, trataba de identificar entre las sombras sigilosas la de aquel religioso que desapareció durante la Guerra Civil y de quien no se ha vuelto a saber nada.

—Ese lugar solitario y oscuro daba mucho carácter a la ciudad, ¿no te parece? —dijo Víctor, pensativo.

—La Barcelona con atmósferas vetustas se acabó en 1992. Con los preparativos de las Olimpiadas se remozó y se reformuló todo aquello que parecía antiguo y destartalado, y que daba sabor a la metrópoli. En manos de los diseñadores posmodernos en boga todo quedó como nuevo, y en la novedad no hay enigma. Lo que ha venido después, la globalización y el turismo, no ha hecho sino ahondar en esta desaparición de la magia. Aquellos locales con objetos inverosímiles cubiertos de polvo, aquellos minúsculos talleres de pintores bohemios que buscaban inspiración en estas calles prácticamente han desaparecido de ellas.

Se despidieron. De regreso, Víctor observó que los comercios de la zona empezaban a colocar los ornamentos navideños.

—Y eso que aún hace una temperatura casi veraniega —le comentó el fantasma de Tomàs Riquelme, que se había puesto a caminar a su lado.

—Sí, el calentamiento global y demás.

—Pero antes de que se hablara del calentamiento, cuando éramos adolescentes en Barcelona, ya no hacía frío.

—Qué sabrás tú, si estabas yendo al colegio en Lima.

Tomàs se desvaneció, airado.

Balmoral acudió a la comisaría de los Mossos d'Esquadra en la Travessera de les Corts. Tras hacerle esperar un buen rato, una policía joven le tomó declaración. Se quedó la segunda carta, que guardó en un sobre de plástico, comentó que resultaba difícil establecer una relación entre la amenaza genérica sobre el Barrio de la Catedral y la concreta de la bomba en el templo, y le aseguró que ya le dirían algo.

Al llegar a casa, Víctor encontró en el buzón una nueva misiva:

Junto a los naranjos, la acumulación desmedida.

CAPÍTULO SÉPTIMO

¿Qué estaba ocurriendo en el Barrio Gótico? A primera hora de la mañana, Víctor se instaló a meditar en la butaquita de la galería de su piso en el centro de la ciudad. Con las luces tímidas del cálido otoño que se deslizaba ágilmente hacia su final contemplaba cómo se iba activando la vida urbana: trabajadores que se dirigían a sus tareas, padres con niños pequeños de la mano camino del colegio o de la guardería, ciudadanos y ciudadanas de distinto pelaje y expresiones muy dispares empujando las ruedas del gran mecanismo que es la ciudad.

Desde hacía un tiempo intentaba dedicar, tres días a la semana, ese cuarto de hora inaugural a la meditación. Se había empapado de la filosofía meditativa en distintos manuales, entendía que se trataba de limpiar la mente para conseguir la atención plena y conectar con nuestro ser profundo, si es que existía, insuflándole energía. En ayunas, espalda erguida, ojos entreabiertos, la atención fijada en la palma de las manos, atento a la respiración. Muy despacio, inspirar, retener, exhalar, pausa.

Al principio lo hacía en el salón, buscando el silencio. Pero se descentraba y dispersaba con facilidad. O se quedaba dormido.

Luego pasó a la galería, sin mayor éxito. Y al final decidió consagrar un lapso de tiempo al libre vagar de las ideas sin urgencias ni indicaciones mientras la mirada se movía distraída por el paisaje. Sin duda una meditación muy *sui generis* según los cánones ortodoxos, pero le ayudaba a empezar bien la jornada.

Aquella mañana el libre fluir cerebral retornaba una y otra vez a la misma pregunta: ¿qué estaba ocurriendo en el corazón de la ciudad antigua? ¿Y por qué le escribían a él, precisamente a él?

En sus consideraciones convergían varios elementos. Las misivas recibidas remitían a una historia de siglos intensificada por la radical reforma iniciada en el primer tercio del siglo XX y culminada tras la Guerra Civil en las dos décadas que siguieron: un gran éxito de la acción municipal barcelonesa con inmediata rentabilidad turística y de imagen. Pero esa reforma había dejado en su día descontentas a distintas personas, empezando por todos aquellos ciudadanos que habían sido desalojados de sus viviendas, y continuando por quienes criticaban lo que a su entender constituía una falsificación patrimonial y artística. ¿Justificaba el resultado el precio pagado?

Luego estaban las historias inconclusas que le iban llegando. La casualidad no existe, existe la sincronicidad, había establecido el maestro Jung, se lo había repetido el historiador Eduard Folquera, y Víctor Balmoral lo creía firmemente. Episodios como el magnicidio frustrado de Fernando el Católico, la desaparición del obispo Irurita o la obsesión coleccionista de Marès no habían llegado a sus oídos por azar, cumplían una función. ¿Estaban relacionadas? Sin lugar a dudas, al menos desde su personal percepción de los acontecimientos.

En tercer lugar, y coincidiendo con las primeras misivas, se habían producido algunos hechos inquietantes. La aparición de un cadáver emparedado en el Palacio Sallerich, la amenaza de bomba en la catedral...

Por último, no podía olvidar a las personas integrantes del friso que protagonizaba sus andanzas de los últimos días. La presidenta de la Real Academia de Buenas Letras, Mariflor Juvellanchs; Arcadi Flo, secretario permanente; el promotor Severo Vitale; mosén Bentanachs, conservador de la catedral (ahora le resultaba difícil pensar en él sin evocar su imagen fumando *en pelotas* al arrancar el día); Lorenzo Luján, director del Museo Marès; las muy peculiares hermanas Eva y Eugenia. Pero también, en un orden de cosas y de actividades muy distintos, en el Barrio Gótico se había encontrado con Arturo y Eduard, los antiguos amigos y amantes de Regina Suelves, aquella madre hippy y drogota desaparecida más de treinta años atrás cuya pista estaba siguiendo por encargo de su hija Benita. Pero ¿había alguna relación posible entre ambas líneas de indagación? Para concluir con la propia alcaldesa de Barcelona, Berta Vives, quien había mostrado su interés particular por las hasta ahora confusas cuestiones que se estaban desarrollando en el área urbana que rodeaba su oficina.

Definitivamente, la meditación se había deshilachado en un abanico de sugerencias. Tomàs Riquelme, el amigo intangible, apareció a su lado.

—La respuesta, amigo mío, está en tu corazón —dijo el fantasma.

—Menos bromitas, menos tópicos y menos tonterías, Tomàs. Estoy confundido.

—Cuando eras pequeño, antes de desaparecer de tu vida, tu padre te llevaba de la mano a pasear por esa zona, me lo has contado muchas veces. Él fue quien te contó todas sus leyendas, romantizándolas, y te explicó que el puente del Obispo era para que en la Edad Media Su Eminencia pudiera escaparse discretamente a hacer sus correrías, lo cual es del todo falso y además no son cosas para contar a un niño.

—¡Es verdad! —ironizó Víctor—. En realidad, todo esto sale de mi padre, ¡que era un personaje muy discutible!

Víctor siempre había odiado la figura paterna —el hombre desalmado que los abandonó— e idolatrado la materna; y el psicoanálisis que emprendió durante algunos meses ya con cuarenta años cumplidos no hizo sino confirmarle que esa animadversión tenía buenas razones. ¿Quizás por ello, ya de adulto, residió toda la vida con su madre en la rambla Catalunya, hasta la muerte de ella, resistiéndose a formalizar cualquier otro compromiso sentimental? Quizás.

—Siempre le has odiado, pero nunca has tratado de comprenderle. E intentas vivir sin tener en cuenta el hecho de que, en primer lugar, portas sus genes, y, en segundo lugar, acarreas sus memes.

—¿Sus memes?

—Sí, entendidos no como las figuras de éxito viral de los adolescentes, sino como la forma de transmisión de conocimiento intergeneracional. Los memes son los genes culturales.

—Eso te lo estás inventando. Vaya paparruchada.

—¡Para nada! Léete los libros de Susan Blackmore y de Robert Aunger sobre el tema. En tu caso, un meme claro es el magnetismo que te produce el Barrio Gótico y que has heredado de papá. ¡Reconócelo! E invítame a un pitillo, tengo el síndrome de abstinencia.

—Últimamente te expresas con mucha pedantería. Y ya sabes que hace veinte años que no fumo.

—Es igual, en mi estado yo tampoco puedo fumar, pero me hacía ilusión oler el tabaco. En fin, creo que volverás una y otra vez a la ciudad antigua porque tienes tras tu nuca el aliento de tu padre animándote a que lo hagas hasta entender lo que está pasando.

—Dime una cosa, ¿por qué insistes en reaparecer?

—¿Te has olvidado de tus lecturas de los clásicos? ¿Del viaje al Hades? ¿Qué función cumplían los que volvían de allí?

—Cambiar la vida de los que se habían quedado.

—Pues eso. Y ahora me volatilizo.

En *La Voz de Barcelona*, Víctor recibió el mensaje de que la jefa de Recursos Humanos quería hablar con él y subió a su despacho con el desasosiego que se le estaba haciendo habitual cada vez que tenía que bregar con ella.

—Víctor, ¿has pensado en mi propuesta? Te redondeamos bien las condiciones, tendrás un retiro dorado.

—Sí... Verás, no me quiero jubilar, estoy a gusto en el diario y por lo que me dicen la dirección también está a gusto conmigo.

—Claro, eres un profesional reputado —reconoció,

condescendiente, Marga Moner—. Pero ya sabes que en esta profesión manda el cambio. Ponte que un día te sacan de Cultura y te envían a otra sección, a Breaking News... o a Deportes.

Víctor palideció. Los de Breaking News se ponían en marcha a las cinco de la mañana y tenían que afrontar el aluvión digital de noticias de primera hora del día. En cuanto a los deportes, y con todo respeto a los compañeros especializados en la materia, se trataba de algo que toda la vida había esquivado con éxito, ya que a duras penas sabía lo que era un córner o un penalti.

—¡No pueden hacerme eso!

La ejecutiva desplegó una sonrisa enigmática.

—Has de tener presente que aquí lo que nos preocupa es que estés a gusto. Imagínate jubilado en buenas condiciones y en casa, haciendo el horario que te conviene. —Eso precisamente era lo que ya hacía, pensó el periodista—. En fin, piénsalo un poco más, pero recuerda que en algún momento tendremos que decidirnos, tú y nosotros...

—Lo pensaré, claro que lo pensaré. En realidad, ya lo tengo bastante pensado.

—Por otro lado, la sección de Breaking News es fundamental para cualquier medio que quiere competir en la batalla digital. Y requiere periodistas experimentados. Como tú.

—Lo pienso, lo pienso...

Mientras bajaba por las escaleras, sonó el móvil. Era Mariflor, la presidenta de Buenas Letras.

—Víctor, necesito que vengas. Ha pasado algo horroroso.

Había un notable revuelo en el Palacio Sallerich, a cuya puerta se había detenido una ambulancia y donde se amontonaban los curiosos. Víctor se aproximó para echar un vistazo y esta vez nadie se opuso a su paso.

—¿Qué ha pasado? —preguntó a uno de los porteros.

—Han encontrado muerto a nuestro jefe —respondió como sin dar demasiada importancia al tema.

En Buenas Letras, Mariflor y el secretario Arcadi Flo le estaban esperando en la sala de juntas. Le extrañó encontrar también allí a mosén Bentanachs y a Lorenzo Luján, con una pierna enyesada.

—Caramba. Esta reunión es una auténtica cumbre —saludó Víctor. Y dirigiéndose a Luján—: ¿A usted qué le ha pasado?

—Un tropiezo inoportuno, nada importante —se ruborizó el director.

—Estamos inquietos, Víctor —señaló Bentanachs—. Los acontecimientos son intranquilizadores. Vamos a discutir si las instituciones del Barrio Gótico deben adoptar una posición conjunta. Nos da miedo que la imagen de la zona se deteriore hasta unos límites nunca vistos. Y nos interesa contar con tu opinión. Como experto en comunicación y porque el primer artículo publicado sobre la materia fue el tuyo.

—Nos sentimos inseguros —añadió Luján.

—Sí, es cierto que escribí sobre el cadáver emparedado en el palacio. Pero no he dicho nada de las cartas que algunos hemos recibido —reconoció Víctor—. Y la amenaza de bomba en la catedral que obligó a evacuarla apareció en todas partes. Pero, antes de decidir, hay que saber a qué nos enfrentamos. ¿Qué ha ocurrido exactamente en el edificio de aquí al lado?

Arcadi Flo, rascándose la calva, tomó la palabra.

—Esta mañana, al abrir el palacio para entrar a trabajar, un integrante del equipo de reformas encontró a Severo Vitale tumbado en un banco del patio. Al principio pensó que estaba dormido, pero tras varios intentos de despertarle llamó a urgencias. Cuando los del Sistema de Emergencias Médicas aparecieron constataron que estaba muerto. Dentro de un rato van a llevarlo a la morgue para proceder a la autopsia.

—Ese patio donde el promotor ha aparecido ¿es el de los naranjos?

—Sí, al igual que otros patios de esta zona, como el del Museo Marès, tenía unos cuantos naranjos que durante las obras se han preservado milagrosamente.

—«Junto a los naranjos, la acumulación desmedida», recitó Víctor.

—¿Qué dices? —preguntó la presidenta.

—Nada..., un mensaje que recibí ayer, tal vez una advertencia, tal vez una expansión lírica.

—Si te mandaron ese aviso, y la muerte de Vitale no es casual, tendrás que ponerlo en conocimiento de la policía —advirtió Bentanachs.

—Por supuesto, mosén.

—¿Qué nos recomiendas entonces?

—Os recomiendo transparencia. Y también prudencia. Lo mejor es que el problema quede acotado al mínimo, como lo está ahora aquí a las entidades directamente afectadas. Y que lo explique alguien afín a vosotros.

—¿A quién te refieres?

—Bueno, creo que yo podría ser la persona adecuada.

Tras un largo debate en el que no los dejó muy convencidos, Víctor obtuvo su autorización.

Y, mientras Bentanachs se entretenía con la presidenta y el secretario, hizo un aparte con el director del Museo Marès.

—Me ha parecido que se alteraba cuando le he mencionado su pierna rota.

Luján dudó antes de lanzarse a hablar quejumbrosamente.

—Me empujaron, Balmoral, me empujaron. Por las escaleras del museo. Alguien se puso detrás de mí y me propinó un fuerte empujón. Al caer me protegí con el brazo como pude, pero me di un golpe fenomenal en la pierna y me he fracturado el peroné. Cuando el personal de la casa vino a ayudarme, el agresor había desaparecido.

—¿Puedo ponerlo en el artículo?

—Ni se le ocurra.

Concluida la reunión, Víctor se acercó a Bentanachs.

—¿Tiene un momento, padre?

—Para ti siempre —respondió el sacerdote ajustándose el alzacuello del *clergyman*—. Pero vamos fuera, podremos fumar.

Bajaron al patio empedrado de la Academia, no sin antes ayudar en las escaleras a Luján, que se apoyaba en unas muletas y se despidió con prisas.

—¿Más dudas sobre la historia que nos rodea? —preguntó Bentanachs tras encender el pitillo y exhalar el humo con aire de gran satisfacción—. Lo que hemos discutido hoy aquí no está mal...

—Quedé con un amigo —el periodista se apartó de la intensa emanación nicotínica— y me explicó la historia del obispo Irurita, de la que yo tenía pocas referencias. Y quería saber qué opina usted de la polémica que lo envuelve.

—¿Te refieres a si murió o no durante la Guerra Civil? Hombre, un tiempo atrás pudo haber dudas, pero el análisis de ADN del año 2000 las elimina todas. Irurita fue fusilado en Montcada por los anarquistas y enterrado allí junto a quienes le acogieron y muchas otras víctimas.

—Entonces, esa supuesta aparición del religioso, recién ocupada Barcelona por las tropas nacionales...

El sacerdote enarcó las espesas cejas.

—¿Quieres de verdad saber lo que pienso?

—Para eso le estoy preguntando.

Tiró al suelo la colilla, que apagó con un pisotón —de haberle visto el secretario de la Academia se lo hubiera recriminado— y encendió otro Marlboro.

—Se ha dicho de todo sobre ese suceso: que Irurita intentó escapar, que se negó a hacerlo; que quiso desaparecer, que fue llevado fuera de Barcelona por grupos incontrolados. Pero hay un aspecto de su biografía que no se ha tenido en cuenta.

—¿Y cuál es?

—Que el buen obispo estaba muy interesado en lo sobrenatural. ¿Te suena el nombre de la madre María Rafols?

—Sinceramente, no.

—Fue una monja, mística y enfermera catalana del

siglo XIX que desempeñó un gran papel coordinando la atención médica a los heridos durante el asedio francés a Zaragoza en la guerra de la Independencia, participó en algunas conspiraciones políticas y falleció en 1853. Mucho tiempo después de su muerte aparecieron algunos textos suyos donde relataba unas apariciones del Sagrado Corazón de Jesús, de las que había sido testigo, con dramáticas visiones de una futura persecución religiosa en España. Durante la Segunda República esos escritos tuvieron mucha difusión en ámbitos católicos; se consideró que Rafols había profetizado los incendios de iglesias y otras situaciones muy desagradables que tuvieron lugar en 1931. El obispo Irurita participó en numerosos actos vindicativos de la sierva de Dios; en Vilafranca, localidad natal de la vidente, señaló que Jesús estaba escuchando en aquel momento en España los improperios que escuchó en el Gólgota, pero el mensaje de la madre Rafols apuntaba a que el reino de Cristo volvería a establecerse en el país. Irurita patrocinó también que un canónigo de la catedral escribiera un libro glosando esas visiones de la monja.

—Sin duda un mensaje combativo para unos tiempos polarizados, por usar un término actual.

—Totalmente. Pero hay más. ¿Has oído hablar de las apariciones de Ezkioga?

—Tampoco.

—Pues también acontecieron en 1931, el año en que se proclamó la República española. Dos niños de una pequeña localidad rural en el País Vasco aseguraron haber visto a la Virgen en una colina próxima al pueblo. Como en Lourdes o en Fátima, el anuncio generó un fenómeno popular que acabó desbordándose. Aparecieron otros videntes en la zona, una joven declaró que había sido estigmatizada y mostró unas manos manchadas de sangre, y durante meses acudieron decenas de miles de personas, en pleno transporte místico, a participar en el rezo del rosario y otras oraciones colectivas, esperando contemplar algún milagro.

—¿Y cuál es la relación de todo esto con el obispo de Barcelona?

—Pues que Manuel Irurita, que pasaba sus vacaciones cerca, en su pueblo natal del valle de Baztán, acudió allí cuatro veces en los meses que siguieron, y fue un destacado propagandista de las visiones vascas. Hasta que el Vaticano mandó a la Iglesia española tomar distancias con Ezkioga en 1934, porque los testimonios de distintos videntes que habían recabado no les parecían serios, y posiblemente por presiones del Gobierno, que veía en aquellas manifestaciones una reacción popular antirrepublicana.

—¿Y lo era?

—Bueno... Está claro que muchos consideraban Ezkioga como un fuerte repunte tradicionalista en un momento en que algo así inquietaba mucho a las izquierdas. En cualquier caso, a diferencia de lo que ocurrió en Francia con Lourdes, y en Portugal con Fátima, las autoridades eclesiásticas no quisieron secundarlo.

—¿Y a dónde quiere ir a parar?

Bentanachs esbozó una sonrisa pícara.

—Lo que te argumentaré a continuación negaré siempre haberlo dicho. Está claro que Irurita era un firme adepto de los sucesos sobrenaturales, de los milagros y videncias que en aquella época abundaban. Pero ¿y si fue más allá del interés teórico?

—¡¿Cómo?!

—¿Y si profundizó en las fuerzas y energías, de carácter divino o de otra índole, que hacen posible la pervivencia del alma, del espíritu, de la conciencia o como quieras llamarlo, tras la muerte?

Hubo un silencio.

—¿Usted cree en todo eso?

—Hoy tenemos constancia de que el obispo fue fusilado a fines de 1936, primer año de la Guerra Civil. Pero tampoco hay excesivas razones para dudar del testimonio de esos testigos, personas respetables y serias, que le conocían y aseguraron haberlo visto en 1939. Entonces, ¿cómo se combinan las dos versiones?

—Lo cierto es que me cuesta imaginarlo.

—¿Y si su presencia fue una aparición? ¿Y si Irurita quiso volver, al menos brevemente, desde el otro lado, el cielo, el purgatorio, una estación intermedia o donde fuera, para comprobar qué estaba ocurriendo en lo que más amaba del mundo, que era su diócesis y una España que había dejado desangrándose? ¿Y si hubo algo milagroso en este episodio?

Balmoral estaba desconcertado.

—Mosén, le hacía una persona racionalista.

—Soy un sacerdote católico, no te olvides de que lo sobrenatural es nuestro negociado. Pero dejemos esto aquí, he de irme, tengo mucho trabajo en la catedral. Ya me avisarás cuando salga tu artículo y me dirás qué efecto tiene.

Cuando Balmoral dobló la esquina reapareció Tomàs Riquelme.

—Me ha gustado la teoría de Bentanachs. Aclara muchas cosas —sentenció.

Tras unas cuantas llamadas para recabar información complementaria, en su artículo «Los misterios del Palacio Sallerich» el periodista se centró en los dos cadáveres aparecidos en el plazo de unos días, y mencionó de pasada la amenaza de bomba en la catedral sin llegar a conectar ambos hechos directamente. No desveló la existencia de las cartas, ni la agresión al director del Marès, aunque dejó caer algunas alusiones veladas a otros sucesos que se estaban produciendo. El texto apareció por la tarde en la edición digital de *La Voz de Barcelona*; a los pocos minutos la competencia se lanzaba a por el tema.

Al día siguiente el artículo tuvo página entera en la edición en papel, con foto y arranque en portada. Al entrar en la redacción se topó con el director, Félix Amat.

—Buen trabajo, Víctor, es un temazo, tiene todos los ingredientes que atraen al lector. Supongo que seguirás con él.

—Eso tenía pensado, director, muchas gracias. ¿Puedo comentarte otro tema?

—Sí, claro.

—La jefa de Recursos Humanos me está presionando para que pida la jubilación. ¿Tú estás de acuerdo?

El director tardó un poco en contestar.

—Verás, como sabes hay una fuerte presión para reducir personal. Ella me pidió permiso para tantear a los redactores más veteranos, pero yo le dije que antes de hacer propuestas en firme lo consultara. Y desde luego no pensaba en ti. Me gusta cómo trabajas y pienso que es bueno para el diario que estés con nosotros.

—A mí también me gustaría continuar en esta casa mientras estéis contentos conmigo. Gracias, director.

Decidió volver al Barrio Gótico. Cogió el metro, línea verde, en la estación de Diagonal y se bajó en Liceu. Al salir, le chocó ver sentadas en una de las terrazas de la Rambla a la guía Eugenia y la religiosa Eva. El efecto espejo que producían aquellas hermanas idénticas era muy notable. Eva estaba llorando. Ellas no le vieron y él no se atrevió a molestarlas en lo que parecía un momento familiar dramático.

Anduvo sorteando los grupos de turistas y pasando por detrás de las tiendas de souvenirs y supermercados *low cost* multiétnicos que habían sustituido a aquellos viejos comercios tradicionales que dieron nombre a calles como Llibreteria, Sagueria o Boters, hasta llegar a la de la Palla, donde le esperaba en su galería Omar Blancafort.

Ambos se conocían desde hacía mucho tiempo, aunque, según recordó Víctor, la figura de Regina Suelves nunca había aparecido en sus conversaciones. De hecho, Blancafort mostró sorpresa cuando el periodista le planteó por teléfono que quería hablar de ella.

El galerista era un hombre alto y rubio, de formas siempre muy suaves, vestido conforme al canon más clásico de la elegancia masculina: traje oscuro, camisa y corbata de color malva. Hizo subir a Víctor a su despacho en la primera planta, un amplio y coqueto espacio con mobiliario clásico —sin duda de alto precio— y, al fondo de la estancia, un plafón de madera con estantes muy cortos donde alguna vez le había visto mostrar a los clientes sus cuadros más queridos.

—Vaya revuelo la muerte de Vitale, ¿no? —arrancó la conversación el galerista.

—Sí, ¿tú le conocías?

—Claro, ¿quién no?

—¿Y qué opinión te merecía?

Blancafort emitió una risita.

—Era un especulador y un tiburón. Listo y chulo, una combinación muy peligrosa. Arrancaba artistas a otros galeristas con malas artes, les prometía el oro y el moro y luego los dejaba tirados tras haber reventado sus precios para aligerar stock. Compraba material de dudosa procedencia. Estoy seguro de que muchas de sus ventas sirvieron para que gente turbia blanqueara capitales.

—Caramba.

—Incluso lo denunciaron por comerciar con antigüedades provenientes de Irak tras la guerra. Era un hombre con muchos enemigos. No me extrañaría que alguno de ellos le hubiera vertido disimuladamente alguna sustancia en el Moët & Chandon...

—Eso que dices es muy grave. ¿No deberías informar a la policía de tus sospechas?

Omar Blancafort lanzó una risotada.

—¡Lo pensaré, lo pensaré! Y ahora dime, ¿qué quieres saber de Regina Suelves?

—¿Cómo la conociste?

—Fue en su última etapa barcelonesa, ella ya había tenido a su hija, pero no residía con ella y con el padre.

Estaba un tanto deteriorada, había llevado una vida de abusos. Pero la verdad es que seguía siendo una mujer fascinante...

—¿Qué quería de ti?

—¿Te acuerdas de Russ Faring?

—Una de las figuras rutilantes de las artes plásticas de los ochenta y primeros noventa. Con sus grandes gafas de colores y su pelo naranja se hacía notar.

—Regina estuvo en el grupo que acompañó a Russ Faring durante su estancia de una semana en la ciudad para su legendaria exposición en la Fundación Miró. Hubo un escándalo en el hotel de Faring cierta noche en que todos se desmadraron, le pidieron que se buscara otro lugar y Regina le alojó en su apartamento, que era un cuchitril. No sé si pasó algo entre ellos, Faring se declaraba homosexual, aunque me da la impresión de que los dos eran de orientación muy abierta. La cuestión es que él le dejó como agradecimiento un cuadro que pintó allí mismo, con spray y rotulador grueso, a su habitual estilo, y varios dibujos, un conjunto de ocho para ser exactos. Faring murió de una sobredosis algún tiempo después, su cotización se disparó de forma fulgurante y entonces Regina vino a verme con la obra que él le había dejado.

—¿Para venderla?

—Me dijo que necesitaba dinero porque quería «desaparecer». Ésa fue la palabra que utilizó.

—¿Y qué hiciste?

—Le compré el cuadro a un precio razonable y, a petición suya, me quedé en depósito los dibujos. Vendí dos, que le aboné y por los que recibí una mínima comisión, lo hice por amistad, no suelo coger depósitos a largo plazo. Cuando un cliente se interesó por un tercero la llamé para concretar algunas cuestiones, el precio de los Faring no dejaba de subir, ya sabes que hoy se le considera un clásico contemporáneo. Pero ella ya había salido de escena. Alejandro, el padre de su hija, no quiso saber nada. Y desde entonces los conservo, Benita lo sabe; cuando alguien me muestre el certificado de defunción de su madre se los entregaré, es un acuerdo que a ella le parece bien.

Al salir de la galería, Víctor encaminó sus pasos hacia la iglesia de Sant Jaume. Buscaba a Eva y la encontró en la sacristía, conversando con una anciana a la que cogía cariñosamente del brazo. Era Ramona Bilbeny.

—Perdonen... ¿Puedo hablar un segundo contigo, Eva?

—Claro. ¿Me esperas un momento, Ramona?

—Si te parece —señaló Balmoral— podríamos ir a La Bona Farina de aquí al lado, estaremos tranquilos.

—De acuerdo. Ramona, dentro de un cuarto de hora vuelvo.

En el establecimiento, escogieron una mesita apartada y pidieron cafés con leche.

—Ya eres uno más del barrio —dijo con una sonrisa dulce la monja.

—Tú y tu hermana lo vivís a fondo, sabéis muchas cosas.

—Yo me relaciono básicamente con indigentes, no creo que sea el tipo de personas que te interesan para tus investigaciones.

—Lo sé, y tu hermana pasea a los turistas. Pero los dos colectivos son parte fundamental en la savia de esta zona. Dime, ¿por qué llorabas hace un rato cuando hablabas con Eugenia?

La religiosa se quedó estupefacta.

—¿Cómo sabes tú eso?

—Os vi en la Rambla, discutíais cara al público, no había secreto.

Eva hizo ademán de levantarse, con una sonrisa desolada.

—No creo que sea nada que te importe. Voy a tener que dejarte.

—Espera un momento —rogó Víctor—. Creo que tras todo lo que está ocurriendo hay un plan que acabará por perjudicaros, a ella y a ti. Ayúdame y te ayudarás a ti misma, a tus compañeras de la orden y a los necesitados que defiendes.

La religiosa consideró las palabras del periodista.

—Fue una discusión de hermanas sin más trascendencia —dijo—. Eugenia quiere dejar el barrio y la ciudad, quiere desaparecer, no está a gusto consigo misma ni con su entorno y cree que la falsedad que según ella desprende el Gótico ha acabado por impregnarla. Yo intentaba convencerla de que no se fuera, que nuestro destino nos liga a estas calles. Por eso discutíamos y, como yo soy más floja, pues por eso lloraba.

—Dices que quiere desaparecer... Ese término me llama la atención, es el que empleó una persona cuyas huellas estoy buscando.

—Regina Suelves.

—¿Cómo lo sabes?

—Me lo contó Arturo, el dependiente de la plaza Sant Felip Neri. Aquí todos nos conocemos. Y el padre de Benita, tu clienta actual, nos ha ayudado en varias ocasiones.

—¿A vosotros? ¿Por qué?

La religiosa sonrió.

—Hay bondad en el mundo —dijo enigmáticamente.

—Volvamos a lo de desaparecer... ¿Qué puede implicar eso?

—¿Has leído al sociólogo David Le Breton?

—No, ¡vaya nivel el tuyo! Siempre me sorprendes.

—Las dos hermanas hemos sido siempre grandes lectoras.

—¿Y qué dice Le Breton?

La religiosa sacó un librito con cubierta azul del bolsillo de su hábito y se lo mostró.

—El título de su obra habla por sí solo: *Desaparecer de sí. Una tentación contemporánea.* Para este autor, en el mundo actual son muchas las personas a quienes la existencia les pesa; no son capaces de afrontar todas las exigencias que implica, y deciden salir de la circulación, apartarse de aquellos circuitos donde pueden ser reconocidos y reclamados. Habla, a mi entender con mucho acierto, de tomarse vacaciones de la propia personalidad.

—Me parece muy radical, ¿no? Pero a tenor de algunas cosas que me voy encontrando, quizás tiene sentido.

—Le Breton constata que en no pocos casos el fugitivo se va sin dejar huellas ni pistas para que las personas próximas puedan encontrarle. Es su forma de volver a empezar con el reloj a cero, de crearse una vida nueva a la que no quiere incorporar las cargas y referencias de la que se deja atrás.

—¡Una filosofía pavorosa! —exclamó Víctor—. ¿Y la responsabilidad personal? ¿Y el arraigo? ¿Y el amor de los que nos quieren? ¿Nos olvidamos de todo eso? ¿Por qué lees esas cosas?

La monja, pasado el momento triste, rio jovialmente.

—Quizás a ti la existencia no te pesa. Dime en qué puedo ayudarte, además de revelarte confidencias familiares.

—¿Has recibido alguna carta especial en las últimas semanas?

—No.

—Alguna amenaza, algún incidente.

—Hummm... Sabes que nuestra iglesia está construida sobre una antigua sinagoga. Conserva algunos símbolos y mantenemos buena relación con la comunidad judía. Hace unas semanas robaron el candelabro de siete brazos que guardamos en una vitrina en la sacristía. Esta menorá es una pieza de orfebrería del siglo XIX, regalo del gran rabino de Venecia a uno de los párrocos de nuestro templo, que fue un hombre viajero.

—¿Denunciasteis lo sucedido?

—No. No es la primera vez que nos roban. Recaudaciones del cepillo, cosas así. Pero no queremos que venga la policía, eso pondría en fuga a mucha gente que confía en nosotros.

—Entiendo. Bien, vamos a intercambiar móviles, me gustaría que siguiéramos en contacto.

—Lo siento, no llevo móvil.

La siguiente llamada fue de la alcaldesa. Le preguntó por dónde andaba y pidió que la fuera a ver al Ayuntamiento. Tras sortear a los manifestantes con ataúdes, quince minutos más tarde el periodista estaba en su despacho.

—Alcaldesa, qué grata sorpresa ser convocado... con tanta urgencia.

—Quiero que seas el primero en saber dos cosas, tengo los resultados encima de la mesa. Los huesos hallados en el Palacio Sallerich corresponden a una mujer y tienen unos trescientos años. Esa señora fue emparedada viva en el palacio; en el cuerpo no se han advertido signos de violencia, probablemente murió de hambre. O quizás de vejez.

—¡Qué horror! ¿Se sabe quién era?

—Creo que sobre su identidad sólo caben especulaciones, hemos encargado al director del Museo de Historia de la Ciudad que la investigue. Pero me ha dicho que tardará en tener resultados.

—¿Y la segunda cosa?

—Severo Vitale murió de insuficiencia cardiaca. Era un hombre con sobrepeso, fumador, bebedor, dormía poco y mal, tenía todos los malos hábitos. Estaba estresado, se trata de una muerte natural. La noche en que murió había consumido alcohol y cocaína, con toda probabilidad la juerga fue de órdago. Te lo quería explicar todo yo misma para que contaras con una información fidedigna. No hay misterio en el Barrio Gótico, es tan sólo una sucesión de hechos que no guardan relación entre sí.

—¿Tampoco la amenaza de bomba en la catedral? ¿Y

las cartas? ¿Y la extraña caída del director del Museo Marès? ¿Y el robo?

—¿Qué robo?

—Si no lo sabes es que he metido la pata.

—Ya me enteraré. Son hechos aislados. No me digas que eres conspiranoico.

—Y tú, alcaldesa, que eres una política con mucho rodaje, ¿crees en las casualidades?

—Ya te he dado las noticias y mi explicación, úsalas como quieras, ahora tengo que dejarte porque llevo un día de cuidado. ¿Qué libro comentaremos en nuestro próximo encuentro?

—¿Te gusta Umberto Eco?

—Leí en su día *El nombre de la rosa.* Interesante, muy denso, me gustó.

—Pues discutiremos si te parece *El cementerio de Praga,* una visión narrativa de las conspiraciones del siglo XX.

—Estupendo.

En la plaza de Sant Jaume, la guía Eugenia estaba acabando uno de sus *free tours.*

—A la izquierda, el Ayuntamiento de Barcelona, a la derecha el Palacio de la Generalitat. Situados uno ante el otro, la plaza que los enfrenta se abrió en el primer tercio del siglo XIX, y para ello hubo que derribar muchos edificios que formaban una trama abigarrada. El Ayuntamiento alberga un hermoso salón gótico y cuenta con una puerta de acceso de esa época. El Palacio de la Generalitat lo es desde la restauración democrática de esta institución de autogobierno, antes lo fue de la Diputación, que era un organismo del Estado. De hecho, las grandes reformas del palacio las hizo en tiempos de la dictadura de Primo de Rivera el conde de Montseny, y en tiempos más recientes Juan Antonio Samaranch, que llegaría a ser presidente del Comité Olímpico Internacional y consiguió para Barcelona los Juegos Olímpicos de 1992.

—Un franquista, vamos —apuntó un hombre del público.

—Franquista de cabo a rabo. Pero es que la transición española a la democracia fue un pacto entre demócratas y franquistas en el que los segundos tuvieron mucho que decir antes de ceder el poder.

—¿Y qué hay de gótico en la Generalitat? —preguntó otra señora.

—Desde luego la fachada no, que es renacentista. El edificio, como parte del barrio, tuvo un primer ocupante judío, el comerciante Moixé Natan, que fue quien lo hizo edificar. Desde inicios del siglo XV lo ocupó la llamada Diputación General, un organismo de gobierno. El patio central, la escalinata y las galerías circundantes son góticos. Aunque de etapa posterior, es muy bello el patio de los naranjos, que utilizaban las corporaciones en las asambleas de verano.

—¿Y qué hay de gótico en el Ayuntamiento, que se alza delante?

—Tampoco hay que juzgarlo por la fachada neoclásica, que data de 1830. El elemento gótico más destacable es el Salón de Ciento, que acogía el consejo general de la ciudad, con cien integrantes. La fachada que da a la calle de la Ciutat y que ahora veremos sí es gótico catalán puro, con escudos, puerta adovelada y gárgolas, todo ello presidido por una estatua del arcángel san Rafael. ¡Siempre la sumisión a la Iglesia!

Víctor esperó pacientemente a que acabara su discurso y cobrara las aportaciones voluntarias. Ella había advertido su presencia y aguardó a que él se acercara.

—¡De nuevo escuchando mis charlas gratis! —dijo la guía.

—Te invito a tomar algo para compensarte.

—Perfecto, una vez más vengo hambrienta.

Se instalaron en un local de Buenas Migas cercano a la catedral y Eugenia pidió una *focaccia* de butifarra, jamón, champiñones y espinaca que se lanzó a deglutir con apetito inmejorable.

—Tú dirás —dijo tras beber de un golpe medio vaso de cerveza.

—¿Leíste mi artículo?

—Nunca leo la prensa.

—Salió en versión digital y fue retuiteado.

—Ni idea, lo siento.

—Explicaba que en el Barrio Gótico se están sucediendo los hechos extraños. Dos muertes en el Palacio Sallerich, amenaza de bomba en la catedral y, en mi texto no lo decía, también cartas con adivinanzas...

—¿Cartas?

—Sí, yo he recibido algunas, el director del Museo Marès también.

—Pues yo también.

Eugenia extrajo de la mochila una misiva, del mismo formato, letra y tinta de las de Víctor.

«Cuatro fuerzas, cuatro destinos, cuatro sorpresas. Estate atenta a las encrucijadas», leyó Víctor.

—¿Cómo llegó a tus manos?

—Alguien la deslizó por debajo de mi puerta sin que me diera cuenta. ¿Qué significa todo esto?

—No lo sabemos. Por eso quería preguntarte: tú, que estás habitualmente por esta zona, ¿has notado algo especial en los últimos tiempos?

—Nada y todo, cada jornada es una aventura diferente, ten en cuenta que hago dos *tours* de una veintena de personas a diario. ¿Por qué no le preguntas a mi hermana? Yo paseo a turistas, pero ella se mueve con los desheredados.

—Ya lo he hecho y me ha dado alguna pista. Por cierto, y perdona que me entrometa, os he visto en la Rambla, ella lloraba. ¿Qué pasa entre vosotras?

—Eres un entrometido, realmente.

—Soy periodista, me intrigáis.

—Fue una discusión de hermanas sin más trascendencia. Eva quiere dejar el barrio y la ciudad, quiere desaparecer, no está a gusto consigo misma ni con su entorno y cree que la falsedad que desprende el Gótico ha acabado por impregnarla. En realidad, mi hermana es una mística. Yo intentaba convencerla de que no se fuera. Por eso discutíamos y, como ella es más floja, pues por eso lloraba.

—Esta frase me suena.

De vuelta a casa, sonó el móvil de Víctor. Era Benita.

—Mi padre se está muriendo y quiere verte.

Quedaron en que se acercaría al domicilio del creador de las tiendas Wilderness al día siguiente.

Al ir a sacar la llave del bolsillo de la americana para entrar en su casa, encontró en él un sobre. ¿Cómo habría llegado allí?, se preguntó. En cualquier caso, era una nueva carta.

¿Quién vindica a los viejos condes?
¿Y al condestable?

CAPÍTULO OCTAVO

Alejandro Bach vivía en un dúplex impresionante en el paseo de la Bonanova, con piscina a la entrada, portero veinticuatro horas —según le explicó su hija a Víctor— y cámaras de seguridad por todas partes. Al entrar en la vivienda el periodista vio un Warhol, un Basquiat y un gran Barceló colgados en el espacioso recibidor.

—Hoy se encuentra bastante bien —susurró Benita.

El empresario estaba en el salón sentado en una butaca con tapizado escocés, vestido con camisa azul de pana fina, pullover de pico granate y tejanos, y cubierto con una manta. Muy delgado, el rostro tremendamente enflaquecido y con ese tinte entre amarillento y marrón que imprime la cercanía de la muerte.

—Déjanos solos, Benita, por favor.

A regañadientes, la hija salió.

—¿Cómo estás, Víctor? Mucho tiempo que no nos veíamos.

—Sí, desde aquellas excursiones a esquiar a Masella o a las pistas francesas de Isola 2000.

—Eras muy mal esquiador.

—Empecé tarde y siempre iba con equipo alquilado

—repuso Balmoral—. Mis recursos de entonces no daban para más. Era el pobre del grupo.

—La verdad es que el mundo del esquí es una mierda, clasista y superficial.

—Así lo veía yo entonces, hoy matizaría. Tú en cambio parecías disfrutarlo a fondo. Aunque ya sé que de mayor te volviste un hombre comprometido, un empresario filántropo, casi de izquierdas. El éxito te sentó bien.

—¡No exageremos! Pero sí, buena parte de mi negocio arrancó fabricando material en países que entonces se llamaban «subdesarrollados», de modo que luego me he visto obligado, casi moralmente, a devolver lo recibido.

—Has impulsado fundaciones...

—Sí, hemos llevado asistencia médica a varios países en colaboración con instituciones sanitarias de aquí. A partir de cierta edad uno debe recordarse a sí mismo que tiene conciencia. Pero no has venido para que habláramos de eso.

—Me has convocado tú.

—Benita me contó que había pedido que investigaras el paradero de su madre.

—En efecto.

—¿Y has progresado?

—No mucho. Pero no desespero.

—Pues yo quiero pedirte que dejes de hacerlo.

—¿Por qué?

—Regina fue una mujer excepcional. Brillante, divertida, aventurera, arriesgada... También muy irresponsable. Simplemente no estaba hecha para llevar una vida de familia. Cuando nos dejó a Benita y a mí con la famosa nota donde argumentaba que sólo quería desaparecer, creo que lo decía de verdad.

—¿Nunca volviste a estar en contacto con ella?

—Respeté su deseo, eduqué a nuestra hija, la dejé en paz. Al cabo de algún tiempo hice algunas gestiones para localizarla, sin éxito. Y creo que hay que dejarlo así.

—Pero tu hija...

—Ella sabe que me estoy muriendo y teme quedarse sola. Pero es fuerte, como su madre, lo superará. No te quepa duda.

—Verás, Alejandro, tu hija me hizo un encargo y yo lo acepté. Tiene derecho a indagar. No puedo dejarla ahora.

El empresario cogió un sobre de la mesa.

—Aquí tienes un talón de cincuenta mil euros. Por las molestias. Mi hija nunca lo sabrá.

Sin aceptarlo, Víctor se puso de pie.

—Es tarde, voy a tener que irme. Me ha gustado volver a verte.

—Ten presente que es la última vez que lo harás...

—Eso no podemos saberlo, la vida da muchas vueltas. Tienes una hija estupenda. Adiós, Alejandro.

Al acompañarle al ascensor, Benita le interrogó.

—¿Ha ido bien?

—No sé qué decirte. No ha colaborado.

—Creo que estas pesquisas le dan tanto miedo a él como expectación me generan a mí.

El delegado episcopal de Cultura le dejó un mensaje en el móvil y Balmoral bajó hasta la catedral. Retenido por los bedeles, que querían hacerle pagar la entrada, hizo llamar a mosén Bentanachs.

—El personal que tiene aquí es inconmovible. ¿Le

parece ético pedir dinero a quienes quieren visitar un templo del Señor? —protestó el periodista.

—Cobramos sólo a turistas, te han tomado por uno de ellos, y lo que recaudamos ayuda a financiar las obras de restauración, que son una sangría. Ven, acompáñame.

Mosén Bentanachs llevó a Víctor hasta el Museo de la Catedral, al que se accede desde el claustro. Se detuvieron frente a una vitrina en la que se había instalado una larga espada dorada.

—Tú sabes quién fue Juan Eduardo Cirlot, ¿verdad?

El MISTERIO DE LA ESPADA DEL CONDESTABLE

—Claro. El enigmático poeta barcelonés del ciclo Bronwyn, dedicado al personaje femenino de la película *El señor de la guerra*; el crítico de arte combativo, adalid del informalismo pictórico, y el autor de ensayos sobre temas tan variados como las ferias y atracciones o la mitología del ojo humano.

—Pero, sobre todo —le interrumpió Bentanachs—, el autor del *Diccionario de símbolos* que ha sido traducido a varios idiomas y que le consagró. Hombre enigmático él mismo y amante de los enigmas, Cirlot creía en la trascendencia de las cosas y en los significados ocultos de todo lo existente. Y era un gran coleccionista de espadas, cuando recibía un ingreso extra por sus escritos iba al anticuario y se hacía con algunas. Se trataba sin duda de un ser bastante especial.

—¿Usted le conoció?

—Muy superficialmente, falleció en 1973 y yo era muy joven entonces. A Cirlot le fascinaba esta espada, que es la de Pedro, condestable de Portugal. Venía a menudo a la catedral sólo para verla. La consideraba una de las más bellas del mundo. Y le fascinaba su emplazamiento, que no ha cambiado mucho, verás que está situada junto a la corona de Martín el Humano y su silla gótica. Yo a veces le acompañaba en sus elucubraciones.

Bentanachs indicó a Balmoral el vecino mueble de plata dorada.

—Es espléndida esta silla...

—Para Cirlot, la proximidad a los objetos reales (reales en el sentido de realeza) impregnaba la espada de valor místico. Esta arma de 132,5 centímetros, más allá de su función física, se convertía en símbolo de poder y de lo que él llamaba «agresividad superior» con peso espiritual. Estéticamente la valoraba por su empuñadura cincelada en forma de hojas, que recibe el nombre de «cuneada», con los brazos hacia arriba, cosa inhabitual, y por su matiz dorado viejo.

—¿Quién fue su propietario?

—El condestable Pedro. Era portugués, hijo del duque de Coimbra. Aún adolescente fue a Castilla a combatir en distintas batallas que en aquella época tuvieron lugar en la región; tenía sensibilidad literaria y fue amigo del marqués de Santillana, el gran poeta. Pedro tuvo tiempo de escribir una sátira y una tragedia antes de regresar a Portugal.

—¿Y cuál fue su relación con esta ciudad?

—En 1465 una parte de la nobleza y del patriciado urbano catalán se rebeló contra su rey Juan II, al que consideraban demasiado proclive a los campesinos remensas.

—Me pierdo con tanto rey.

—Juan II era el tercer rey de Aragón de la dinastía Trastámara, padre de Fernando el Católico y por tanto bisabuelo de Carlos I. Un personaje clave, fue el que definió el objetivo estratégico de unificar los reinos hispánicos que se habían asentado a lo largo de la Reconquista, algo que llevaron a cabo su hijo y su nuera, Isabel la Católica, dando forma política a lo que hoy es España. Verás que estas figuras de la dinastía Trastámara aparecen una y otra vez en relación con el Barrio Gótico. En fin, los rebeldes catalanes buscaron un sustituto plausible y tras descartar distintas opciones ofrecieron la corona a este Pedro, nieto del conde de Urgel, quien ya había aspirado sin éxito a la Corona de Aragón. Pedro llega a Barcelona, donde reside un tiempo, y toma las armas contra el rey Juan. Pero enferma durante la campaña y fallece de tuberculosis en Granollers en 1466. El pobre condestable no tuvo suerte. Pudo haberlo sido todo y no fue casi nada. Todo esto lo recuerda Juan Eduardo Cirlot en su artículo de 1960, ayer mismo como quien dice, sobre la espada.

—¿Y qué más dice Cirlot?

—Que el condestable era un hombre refinado, y por eso encargó su espada a los mejores armeros del momento, posiblemente italianos. Que hizo grabar en la hoja la divisa «*Paine pour joie*», pena por alegría, que inscribía en otros lugares por los que pasó. Cirlot se preguntaba si su arma era de parada o de combate, y concluyó que ambas cosas. Él y otros estudiosos han creído identificar un retrato de Pedro en el retablo de la Epifanía que también el propio condestable encargó al pintor Jaume Huguet y que se encuentra en la cercana capilla de Santa Ágata, en la plaza Real.

—«¿Quién vindica a los viejos condes? ¿Y al condestable?»

—¿Qué dices?

—Es el mensaje de la última carta que he recibido.

—Vamos a ver. La casa condal de Barcelona arranca con el magnate godo Berá, en el año 801, y se consolida con Wifredo el Velloso, el primero en pasar el condado como herencia. A los viejos condes los vindica la historia de Cataluña y de España, ya que la línea conductora del título condal se mantiene a lo largo de los siglos, pasa por la Alta y la Baja Edad Media y con alguna interrupción sigue hasta el presente, vinculado a las sucesivas dinastías reinantes.

—¿Y en quién recae hoy el título?

Bentanachs puso cara de póker.

—El rey Felipe VI es el actual conde de Barcelona, título que gustaba de utilizar su abuelo Juan de Borbón (al que se llamó Juan III) desde 1941 y a lo largo de la época franquista porque lo consideraba un título real, que remarcaba sus raíces catalanas, y porque creía que eso molestaba aún más a Franco. Nuestro actual monarca, por cierto, también es el Gran Maestre de la rama española del Toisón de Oro (hay otra austriaca, que preside el archiduque Carlos de Habsburgo-Lorena). Si me preguntas «quién vindica al condestable», es otra cuestión —manifestó retóricamente el sacerdote—. Al condestable lo reivindicó Juan Eduardo Cirlot, lo hacen los románticos que veneran los destinos solemnes y trágicos y lo hacemos nosotros ahora admirando su magnífica espada.

—¿Puedo tocarla? —preguntó Víctor.

—Se activarían las alarmas, no es buena idea —respondió el sacerdote—. Pero tengo que decirte una cosa.

—Adelante.

—Lo que estás viendo es una copia que hizo hace veinte años un herrero amigo y que desde entonces guardamos en nuestros almacenes.

El periodista se quedó estupefacto.

—¿Qué está diciendo?

—Al día siguiente de la amenaza de bomba, la auténtica había desaparecido. En la confusión reinante, no sabemos cómo pudo llevarse a cabo la sustracción. Un día la teníamos aquí y al siguiente había volado. La policía está al caso, pero no hemos interpuesto denuncia. No queremos escándalos.

Salieron a la nave central de la catedral, y el periodista comentó que nunca dejaba de admirarse por el espectáculo ligero de las bóvedas y los vitrales que elevaban el espíritu.

—El efecto de las catedrales sigue vigente en este tiempo descreído —repuso el religioso—. Ya nos lo dijo en su día el abad Suger de Saint-Denis: «Dios es luz».

—Pues que no se apague, padre, que no se apague —replicó el periodista.

Al salir a la calle Víctor se dirigió hacia la plaza del Rei. Suponía que encontraría a Eugenia con uno de sus grupos. Pero lo que encontró en la plaza fue un gran revuelo en torno a un cuerpo que yacía en el suelo.

—¿Qué ha ocurrido? —preguntó a uno de los dependientes del bar de la plaza.

—Esta chica se ha tirado desde el torreón, hace dos minutos. Hemos llamado al 112. No sé si está viva.

—Dejadme sitio, soy médico. —Una joven morena y

delgada con gafas se abrió paso y procedió a reconocer el cuerpo.

Balmoral, inquieto, constató que la persona accidentada vestía el hábito de las hermanitas de la Buena Fortuna.

—Eva... ¡¡¡Eva!!! —El grito desgarrado de Eugenia, que se había aproximado, no dejó dudas a Víctor acerca de quién era.

Las investigaciones posteriores no aportaron grandes novedades. La hermana Eva había adquirido un ticket en el Museo de Historia de la Ciudad para ascender al mirador de Martín el Humano, y una vez arriba se había lanzado al vacío ante la mirada horrorizada de unos turistas coreanos.

La capilla ardiente se organizó en la iglesia de Sant Jaume. A lo largo del día los hermanitos y hermanitas, compañeros de orden de Eva, la acompañaron en su última estancia en la tierra. Se alternaron para rezar y cantar. La mayoría eran jóvenes y guapos, y transmitían una imagen tanto de compromiso como de una belleza en la que confluían lo interior y lo exterior.

En los bancos, decenas de personas sintecho del barrio seguían la ceremonia. En su mayoría mayores, desaseadas, maltratadas por la vida, como el afligido Teodor. Pero otras arregladas y con la espalda bien recta, como Horacio Gómez, el filósofo del comedor social. No eran pocos los que lloraban y se lamentaban por la pérdida de alguien que con tanto ímpetu se les había entregado.

También estaba Luisa Francàs, la directora del Instituto de Estudios Éticos. Víctor divisó su figura austera y afilada y se acercó a saludarla.

—La última vez te vi en el Círculo del Liceo, el reducto de los privilegiados. Ahora te encuentro al otro lado de la Rambla, con los necesitados.

—Si es un sarcasmo puedes ahorrártelo. Nuestro instituto financia el hogar de acogida donde se criaron Eva y su hermana. Siempre fueron dos chicas muy prometedoras. Listas, valientes, entregadas. El tipo de mujeres que nuestra sociedad necesita.

El padre Bentanachs lloraba a lágrima viva. Víctor se acercó a darle el pésame.

—Me hubiera gustado celebrar este funeral en la catedral, pero entiendo y respeto la decisión de Eugenia y los hermanitos de hacerlo aquí —gimoteó—. Ella era la luz de estas calles.

También la sintecho Ramona Bilbeny, con su melena corta blanca, americana de piquitos marrones, pantalones a cuadros, *foulards* y bufandas, tenía los ojos húmedos.

—Eva era buena, usted también lo es.

—No me compare. Ella era un ejemplo.

—Siga siéndolo, joven, siga siéndolo.

El periodista divisó también a la alcaldesa entre quienes se acercaban a rendir los últimos respetos a la fallecida. Berta Vives salió de la iglesia con los ojos enrojecidos. Se cruzó en la puerta con Evelina Farriols, la presidenta de la Generalitat. Iba acompañada de su jefa de gabinete, ambas lucían sendas insignias con esteladas, la bandera independentista catalana. Las dos políticas se saludaron gélidamente.

Al ver a Balmoral, la alcaldesa se detuvo.

—Hombre, periodista. Ven, acompáñame hasta el Ayuntamiento, estoy triste.

Subieron juntos por la calle Ferran, seguidos con discreción por dos miembros del equipo de la alcaldesa.

—¿La conocías? —preguntó Víctor.

—Más que eso. Hablábamos con cierta frecuencia. Lo mismo que contigo de literatura, quedaba una vez al mes con ella.

—¿Para qué?... Y perdona la indiscreción...

—Para comentar temas espirituales. De la trascendencia, del amor a los demás, de lo que dejaremos aquí cuando nos vayamos.

Balmoral no salía en sí de su estupefacción.

—Pensaba que a los antisistema populistas de formación marxista todo esto os parecía una fantasmagoría superestructural.

La alcaldesa se detuvo y le miró con cara de pocos amigos.

—No me insultes y no me reduzcas a esa bazofia terminológica.

—¡Perdona! —rectificó el periodista—. Pero es que Eva y tú me parecéis habitantes de mundos distintos.

—Me cuesta mucho entender la decisión de Eva, nunca hubiera podido imaginarla. Aunque supongo que tenía sus altibajos, a mí no me los mostraba. Si existen los ángeles sobre Barcelona, esta chica era uno de ellos —dictaminó la alcaldesa, llegando a la Casa Grande de la ciudad.

—¿Puedo utilizar esa definición?

—Haz lo que quieras. Y llámame de vez en cuando,

no esperes a que lo haga yo, me relaja hablar contigo.

—¿Sabes, alcaldesa, que cada día me gustas más?

Víctor se sentía desasosegado. El interés periodístico, como en tantas otras ocasiones, se había sobrepuesto a sus propias emociones. Había actuado en la iglesia y fuera de ella como alguien distante y en apariencia poco conmovido por la pérdida de una brillante y bondadosa joven. Como alguien frío y desapegado. ¿Lo era realmente?, se preguntó, igual que había hecho tantas veces a lo largo de su carrera.

Y se preguntó también por qué consideraba la alcaldesa relajante su compañía. Aquella alcaldesa de cálida presencia.

Con la información que le dieron algunos compañeros de la hermana y varios de los indigentes de la iglesia, Víctor redactó el texto «El ángel del Barrio Gótico», que publicó en la edición digital de *La Voz de Barcelona* a primera hora de la tarde. Después regresó a la iglesia. Sentada en un banco en la última fila encontró a Eugenia, la guía antisistema.

—Vamos fuera —le dijo a Víctor cuando lo vio.

Una vez en la calle, le lanzó:

—¿Cómo has podido?

—¿El qué?

—Escribir ese artículo.

—¿No decías que no leías la prensa?

—Hoy he hecho una excepción.

—¿No te ha parecido respetuoso?

—Sí, ése no es el problema. ¿Cómo has podido sentarte tranquilamente y escribir sobre alguien que conocías, aunque fuera de forma superficial, y que ha tenido una muerte tan horrorosa? ¿No te sentías conmovido?

—Es mi profesión. Y una de las cosas a las que me obliga es a despedir a los que se van cuando lo merecen. Hacerlo bien y hacerlo rápido. Es lo que he intentado.

—Ya... Yo no podría. —Tenía los ojos llenos de lágrimas.

—Y lo entiendo. Y creo que sé cómo te sientes. Y, de verdad, lo lamento mucho, le cogí afecto en el poco tiempo en que la traté. En realidad, la admiraba.

—Todo el mundo se lo cogía.

—Y ahora dime, ¿por qué crees que lo hizo?

—¿Te acuerdas de lo que te expliqué cuando me preguntaste por qué lloraba mi hermana en aquella terraza de la Rambla?

—Quería desaparecer.

—Pues ya ves, lo ha hecho. Llevaba desde hace muchos meses, quizás incluso unos dos años, con una pena muy profunda. El mundo le pesaba, la pobre gente a la que ayudaba le pesaba, sobre todo porque era consciente de lo limitado de su capacidad de ayudarlos. Todo le pesaba. Ya te lo comenté, ella era la frágil, yo la cabrona.

—Ella me dijo que eras tú quien quería desaparecer.

—Te engañó.

—Tu hermana me habló de la gente que quería dimitir de la vida. ¿No crees que debía de llevar tiempo pensando en una decisión drástica?

—No lo sé. También tenía mucho por lo que batallar, muchos objetivos por cumplir. No lo sé.

De regreso a casa le llamaron al móvil. Era el galerista Omar Blancafort.

—¿Víctor? He estado dando vueltas al tema que te interesaba y he realizado alguna indagación. Tengo que ser muy discreto con lo que sé, pero si fuera tú me daría una vuelta por el bar La Estrella de Cornellá, encontrarás la dirección en Google.

—Así lo haré. Y gracias.

Al llegar a su domicilio de la rambla Catalunya sabía lo que iba a encontrar. Allí estaba la carta. La misma que había recibido la guía Eugenia.

Cuatro fuerzas, cuatro destinos, cuatro sorpresas. Estate atento a las encrucijadas.

CAPÍTULO NOVENO

Durante el largo trayecto de metro hasta Cornellá, Víctor tuvo la sensación de que estaba cambiando radicalmente de universo. Llevaba bastantes días en que casi no salía de la ciudad antigua, excepto para ir a la redacción de *La Voz de Barcelona*, o bien a casa. El concurrido y multiétnico transporte público le recordaba la existencia de otras realidades urbanas. Personas que se observaban entre sí con curiosidad o displicencia, gente absorta en el móvil, jóvenes que hablaban alto y se reían ruidosamente, alguna chica o algún chico que leía libros, actitud que Víctor aprobó para sus adentros con entusiasmo. Latinos, eslavos, asiáticos, africanos; oficinistas, punkis, uniformados trabajadores de la construcción o la seguridad. Un mundo más amplio y lleno de preguntas que el del acotado terreno del Círculo del Liceo o el de las instituciones próximas a la catedral.

La Estrella de Cornellá se ubicaba en una calle periférica de un polígono industrial; llegar hasta allí le costó una buena caminata por zonas semidesérticas y la ayuda del Google. El local debía de datar de los años setenta, con una barra de bar de aluminio, taburetes altos del mismo material y una veintena de mesas de mármol para cuatro personas, con las sillas de plástico correspondientes. Olía a fritanga, y sólo se echaba en falta la atmósfera llena de humo de tabaco negro para pensar que el tiempo se había detenido allí durante varias décadas. En aquel momento de la mañana estaba a tope y dos personas se afanaban tras la barra para atender los pedidos.

Una de ellas era Regina.

El periodista había estudiado con detenimiento las escasas fotos que le había pasado Benita, análisis que sumó a su propio y ya desdibujado recuerdo. Era ella. Más gorda, con el cabello descuidado, un jersey raído y, encima, un delantal a rayas. Con aspecto enérgico.

Víctor se acercó a la barra y le pidió un cortado. Cuando Regina se lo puso él se fijó en las uñas, descuidadamente despintadas. Y acto seguido fue cuando ella le miró a los ojos.

—Vaya...

—¿Me recuerdas?

—Omar me avisó de que tal vez vendrías. Has envejecido bien, Víctor, mejor que yo por lo menos.

—Tienes cara de salud —replicó el periodista. Y era cierto.

—¿Puedes venirme a recoger dentro de una hora y hablamos? Ahora tengo mucho trabajo.

—Dentro de una hora nos vemos.

—¿Me pones unos callos? —pidió uno de los clientes a Regina, que se enfrascó en la tarea.

Balmoral hizo tiempo como pudo paseando frente a los almacenes cercanos —una sucesión de *outlets* de ropa procedente de China— y curioseando en su interior, y al rato volvió al bar.

—Acompáñame —ordenó Regina, y le hizo subir a un viejo Seat 127 aparcado cerca de La Estrella.

—¿A dónde me llevas?

—A casa, quiero que veas dónde vivo.

Siguiendo carreteras y caminos del Baix Llobregat, llegaron hasta una zona protegida por una valla, que Regina abrió. Aparcaron.

—Éste es mi huerto —dijo ella señalando una destartalada zona de tomateras y bulbos—. Ése, mi gallinero. Y ahí está mi mansión.

Una modesta casa de ladrillo, de una sola planta. Frente a la puerta, una vieja mesita redonda de madera con un par de sillas desvencijadas. Todo un tanto polvoriento.

—Ven. Sentémonos aquí. Y cuéntame qué es lo que quieres.

Pasó sobre ellos un avión, el primero de varios que se fueron sucediendo.

—Estamos cerca del aeropuerto —añadió Regina innecesariamente.

Víctor la puso al día del encargo de su hija y de las pesquisas que había realizado.

—¡Vaya! —rio Regina—. Así que me has seguido trazando un perfil a partir de las personas que me conocieron.

—Sí. Y hay una de ellas que te quiere recuperar, tu hija. Quiere saber por qué desapareciste de su vida... y de la vida en general.

—Dices que fuiste a ver a Alejandro, ¿no te explicó él qué ocurrió? ¿Tampoco Omar?

Balmoral negó con la cabeza.

—Me hace gracia que alguien con quien tuve una relación muy superficial, como es tu caso, reaparezca tantos años después haciendo preguntas sobre decisiones que resultaron cruciales para mí.

—Eres libre de no contestar.

—No sé si lo sabes, ya en los años de la facultad, cuando nos conocimos, a mí me gustaba mucho experimentar con sustancias prohibidas..., una afición que creció en mis viajes por Asia y que me llevó a romper con gente muy allegada a mí, como mis padres y algunos amigos, amantes o compañeros de viaje.

—Como Arturo y Eduard...

—Exacto, supongo que también los has visto. Fue una época muy desmadrada.

—Eso no tienes ni que decirlo.

—Por cierto, tú eras amigo de Tomàs Riquelme, ¿verdad? Un tipo muy atractivo. ¿Qué fue de él?

—Falleció.

—Qué lástima.

—Pero me mantengo en contacto con él.

Regina le miró con extrañeza y siguió hablando.

—De vuelta de uno de esos viajes conocí a Alejandro, más joven que yo, muy equilibrado. Creí que era el momento de centrarme. Y al principio fue así, pronto me quedé embarazada, pensé que una hija era lo que necesitaba.

—Pero tras tenerla...

—... en vez de sosegarme, la ansiedad se multiplicó. Estaba muy deprimida, lloraba por cualquier cosa, me peleaba con el pobre Alejandro. Volví a consumir, cada vez más.

—Qué pena.

—Una noche, Alejandro estaba fuera de Barcelona y yo me había quedado sola con la niña. Me sentí terriblemente desasosegada, con escalofríos. Era un mes de julio muy caluroso. Decidí salir a pillar. Cogí a la niña, la metí en el coche y nos fuimos hacia un piso en la Ribera, por debajo del Barrio Gótico, donde tenían caballo. No quería subir a la niña a aquel tugurio, de modo que la dejé en el coche.

—¿Y entonces...?

—Cometí el peor error, esnifé en la propia casa, aunque te juro que no me pinché. En cualquier caso, me sentó muy mal y perdí el conocimiento. Desperté varias horas más tarde entre mis propios vómitos; en aquella reunión de colgados nadie se había preocupado por mí. Entre brumas pensé en la niña, la había dejado abajo. Salí corriendo. Benita estaba inmóvil, inconsciente, se había pasado varias horas bajo un sol fuertísimo. Era domingo de verano, había poca gente y nadie se había percatado de la situación de mi hija.

—¡Demonios!

—Resumiendo, la llevé al Hospital del Mar, la reanimaron, había sufrido una insolación y estaba deshidratada, tenía pocos meses y podría haber muerto.

Hubo un largo silencio y Regina continuó.

—Fue duro, aun con la poca cabeza que tenía entonces me sentí muy culpable. Alejandro estuvo a punto de denunciarme, finalmente no lo hizo si yo accedía a apartarme de ellos y someterme a una desintoxicación. Acepté. Estuve un año y medio entrando y saliendo de distintos centros. Entretanto mis padres fallecieron, otra cosa por la que culparme.

—Creo recordar que no tenías hermanos.

—Soy hija única y los hice sufrir mucho. Esa etapa fue para mí de reflexión. Me di cuenta de que no tenía capacidad, ni autoridad, ni legitimidad, ni energía para ocuparme de mi hija. Le dije a Alejandro que le cedía la patria potestad para siempre si él se comprometía a no buscarme nunca, y a no hablarle a la niña nunca de mí. Le pedí que me dieran por muerta, ya que espiritualmente lo estaba. Y desaparecí.

—Pero no te fuiste muy lejos.

—Ya había viajado mucho por todo el mundo. ¿Recuerdas la novela de Vázquez Montalbán *Los mares del Sur*?

—Sí, claro, y la he oído citar en varias ocasiones en los últimos tiempos.

—Pensé que planteaba una intuición muy correcta. Para alguien que proviene del medio burgués pocas desapariciones podían resultar más efectivas que irse al extrarradio de los emigrantes y de lo que entonces aún se llamaba el «proletariado». Y eso hice. En aquel momento fue como viajar a la Luna. Para mucha de la gente acomodada que conocía, en Barcelona, a la que te alejas del Ensanche y de Sarrià-Sant Gervasi entras en una dimensión desconocida. Me vine a una esquina de Cornellá y aquí me he quedado para siempre. Claro que desde entonces este cinturón industrial ha cambiado mucho, todas las calles se han asfaltado, hay parques públicos, seguridad, escolarización. Hoy no hay mucha diferencia entre vivir aquí y hacerlo en el centro de la ciudad, pero estoy segura de que muchos habitantes del centro nunca han pisado estos lugares.

—Bueno, los pericos sí...

—Sí, tienes razón —Regina rio—, desde que instalaron el estadio del Real Club Deportivo Espanyol probablemente hay más flujo de gente. Pero mi vida social está reducida al trabajo: voy de esta cabaña al bar y del bar a esta cabaña. Algunos sábados les vendo mis hortalizas y huevos a los puestos del mercado. Es todo un privilegio ecológico y me hace sentir útil. Evito en lo que puedo el contacto innecesario con la gente, me he convertido en una ermitaña a tiempo parcial. Intenté, primero, desaparecer de verdad, y segundo, encontrar la felicidad en lo mínimo. Me he centrado en mí misma, en recomponerme y entenderme.

—¿Lo has conseguido?

Regina hizo tamborilear los dedos sobre la mesa.

—Me he endurecido.

—Sin embargo —añadió Víctor— no llegaste a desaparecer del todo...

—Mantuve algún contacto, como el de Omar, para garantizar determinadas gestiones, con la promesa explícita de que guardara silencio.

—¿Y con Alejandro?

—Sabe que estoy viva, pero no los detalles. A través de Omar me ha enviado algún mensaje animándome a que retomemos el contacto, pero he tenido que recordarle su juramento.

—Alejandro se está muriendo. Por eso tu hija te busca, teme quedarse definitivamente sola.

Siguió otro largo silencio.

—Déjame que lo piense. Te llevo en coche hasta la estación de metro.

De vuelta a Barcelona en la línea 5, Tomàs Riquelme se le apareció en el asiento de al lado.

—Qué guapa y qué fuerte sigue siendo, ¿verdad? —le dijo—. Qué atractiva.

—Y qué desnortada y qué desdichada —respondió Víctor.

—¿Desdichada por qué? Vive su vida, se ha rehabilitado, trabaja... Y ha perdido soberbia, era muy altiva.

—¿Qué mujer deja atrás, y por completo, a una hija?

—Fue realista. Primero tenía que salvarse ella. Y luego supo que iba a ser una mala influencia para Benita. ¿Hubiera sido mejor que se quedara con ella y con Alejandro y les amargara la vida?

—No hay vínculo más fuerte que el paternofilial. O maternofilial.

—Lo dices tú, abandonado por tu padre...

Víctor se enfadó.

—¡Oye!, ¿de qué vas?

Tomàs hizo una mueca.

—Tranquilo. No quería ofenderte. Pero no creo que podamos juzgar a Regina.

—No, claro, sólo ha desperdiciado su vida.

—Ha encontrado su particular felicidad en una existencia simple, más de lo que muchos pueden decir. Y sin molestar a nadie. ¿No es admirable en cierta manera?

—Está claro que tú la admiras.

—¿Nunca te lo conté? ¿Te acuerdas de la noche en que celebramos el final de la carrera? Una cena mala, ruidosa y masiva para más de cuarenta personas en el restaurante Pitarra. Luego fuimos de copas por bares de la Ribera, acabamos en una fiesta popular en el parque de la Ciudadela.

—Me acuerdo. Pero muy vagamente.

—Esa noche con Regina hablamos mucho, nos comunicamos, reímos, bebimos, nos fumamos algún porro.

—¿Y...?

—Acabamos la noche juntos. Un gran momento. Luego no quiso saber nada más de mí.

—¿Pasó eso entre vosotros y no me habías dicho nada hasta ahora?

—No pensé que fuera relevante. Y supuse que te pondrías celoso.

—¿Celoso yo? ¿De ti y Regina? Anda ya, desaparece.

Tomàs se desvaneció y Víctor, desasosegado por la conversación, decidió leer para distraerse. Llevaba en el bolsillo un pequeño libro de Nuccio Ordine, lo abrió al azar y encontró una reflexión a propósito de los amigos que se van. Recordaba Ordine que siguen estando en contacto con nosotros a través de la memoria de las experiencias que vivimos juntos, o de los textos que escribieron, y sacaba a colación la frase de Montaigne sobre el secreto de su amistad con La Boétie: «Porque era él, porque era yo».

Víctor se alegró de que el amigo ausente Tomàs Riquelme siguiera acompañándole, incluso, o precisamente, para llevarle la contraria y revelarle aspectos de la realidad que se le habían escapado. Incluso para revelarle episodios comprometidos que ignoraba. Porque Tomàs era Tomàs, y Víctor era Víctor. Regina había querido desaparecer y se fue a Cornellá. Se decidió por una moderada muerte en vida. Quizás en el caso de esa mujer, recuperando la conversación sobre el Hades que Víctor había mantenido con Tomàs, el río que separaba a vivos y muertos era el muy proletario e industrioso Llobregat, antes un paisaje cutre y desmotivador, ahora reconvertido en idílico espacio conservacionista para la observación de aves.

Eva quiso desaparecer y se había tirado desde el mirador. Tomàs había desaparecido, quizás sin quererlo, y estaba allí, a su lado. Regina reaparecía.

Mosén Bentanachs esperaba a Víctor en la puerta de la catedral.

—«Cuatro fuerzas, cuatro destinos, cuatro sorpresas. Estate atento a las encrucijadas.» Ha de referirse al dragón. Es un simbolismo que se aplica al de cuatro cabezas, pero aplicable en sentido amplio a todo su género. Son los cuatro elementos primordiales: la tierra, el agua, el aire y el fuego, cuatro elementos que unidos deparan el conjunto de la experiencia humana.

—¿Y qué tiene que ver con el Barrio Gótico?

—Entremos.

Bentanachs le llevó hasta el claustro, y allí le hizo mirar hacia arriba. En una clave de bóveda, un caballero —un san Jorge— con armadura arremetía contra un dragón retorcido. Al caballero le faltaba un brazo; la escena del combate aparecía rodeada de cabezas de ángeles. En una esquina, y a pequeño tamaño, la princesa a la que el caballero iba a salvar.

—El san Jorge —señaló el clérigo— es una figura muy característica del Medioevo catalán.

—Como en el de toda Europa, mosén. Hay imágenes de san Jorge en un montón de países, empezando por Inglaterra. No sea tan catalanocentrista.

Bentanachs hizo un gesto con la mano, como quien espanta un mosquito.

—Sí, pero en Cataluña tiene especial fuerza. Por aquí encontrarás varios ejemplos. Hay un altorrelieve muy cerca, en un muro del Palacio de la Generalitat que da a la calle del Bisbe. Hay otro en la capilla de San Jorge de ese mismo palacio, hiperrealista, donde el enfrentamiento con el monstruo de enormes garras y pezuñas tiene lugar sobre un fondo de calaveras y huesos humanos. El dragón representa lo oculto, el otro, las fuerzas irracionales desencadenadas. Al liquidarlo, san Jorge restaura la civilización.

—¿Qué mensaje cree que nos está haciendo llegar el autor de estas misivas?

—¿Que tenemos que ser nuevos san Jorges y destruir algún tipo de dragón? ¿O que el dragón va a destruirnos? Pero ¿cuál podría ser? ¿Y por qué nos amenaza? Vamos a meditarlo fumando un pitillo.

No lo vio venir. El golpe del manillar en el brazo le dolió físicamente, pero sobre todo moralmente.

—¡No hace falta que te apartes, no! —le lanzó con recochineo y sin detenerse, girando un momento la cara, aquel chaval en patinete. ¿Tendría doce, trece, catorce años? ¿No debería estar en el colegio a esa hora?

Ni siquiera le replicó. Se frotó con la mano la extremidad dolorida. Podría haber sido mucho peor. Podría haber ido a parar al suelo, fracturarse un hueso, chocar contra la acera con la cabeza.

Se sintió muy frágil. Y siguió camino.

Poco después de que Balmoral llegase a *La Voz de Barcelona*, el director le mandó un whatsapp para que fuera a su despacho.

—Tú dirás, director.

—Me impresionó mucho tu retrato de la misionera del Barrio Gótico.

—Era una presencia luminosa, lamenté su muerte.

—Sigue con este tema, funciona muy bien.

—Con mucho gusto lo haré.

—Y le he dicho a la jefa de Recursos Humanos que no hace falta que te siga convocando.

—Eres un gran hombre, director.

Al llegar a casa, Víctor no encontró ninguna carta. Pensó que quizás se debiera a que, por primera vez en varias semanas, la investigación le había llevado fuera del Barrio Gótico. O a que se acercaba el final de algo.

CAPÍTULO DÉCIMO

El público congregado en la iglesia de Sant Jaume era numeroso. Alejandro Bach había solicitado que su funeral tuviera lugar, también, allí. El creador de la cadena Wilderness financiaba, entre otras obras de filantropía, a la comunidad de la Buena Fortuna. Para sorpresa de Víctor la ceremonia de despedida fue conducida íntegramente por el sacerdote, sin intervenciones laicas de familiares y amigos, como cada vez es más costumbre. Nutrida asistencia de financieros de la generación informal, viejos hippies y antiguos compañeros de la facultad o de los ambientes contraculturales. Con cantos de las hermanitas como acompañamiento.

El periodista vio entre el público a Luis Hernán, vocal de Cultura del Círculo del Liceo, con un vistoso pañuelo púrpura en el bolsillo de su americana verde. A su lado una mujer también elegante, cuyo rostro sin retoques mostraba la belleza de un envejecimiento sin vergüenza. A Víctor le sonaba y trató de hacer memoria. Se trataba de Irene Sallerich, hermana de su amiga Marta, desaparecida en plena juventud. Una integrante de la familia que había vendido el palacio hacía no tantos meses. La tupida órbita del Barrio Gótico...

Eugenia, la guía antisistema, se sentó al lado de Balmoral.

—¿Qué haces aquí?

—Eva me había hablado de Alejandro en varias ocasiones. Dio dinero para las obras de los hermanitos. Era otra de las personas que le habían cogido aprecio.

—Qué sorpresa. O qué casualidad.

—No existe la casualidad, sino la sincronicidad. Ya lo sabes.

—Dos funerales tan próximos, tu hermana y Alejandro, dos personas tan diferentes...

Víctor detectaba en Eugenia un estado de tensión permanente, una ansiedad que contrastaba con la armonía interior que decía perseguir su hermana. Y sin embargo...

El periodista giró la cabeza para poder tener un retrato completo de los asistentes. En ese momento una mujer de cierta edad, vestida con una gabardina oscura, se hacía un sitio en el último banco.

—Ha llegado Regina...

—¿Quién? —preguntó Eugenia.

—Es largo de contar.

A la salida, Víctor vio como la persona cuya pista había estado siguiendo esperaba mientras todo el mundo salía. Cuando finalmente le llegó el turno a Benita con el cura, se dirigió a ella, le dijo algo y ambas se apartaron.

Observó la cara de sorpresa de su clienta. No hubo signos de emoción por parte de ninguna de las dos. Víctor las dejó charlando y le propuso a Eugenia ir a tomar algo.

Se sentaron en el Caelum, el local intimista entre muros de piedra de la calle de la Palla donde se servían productos dulces elaborados por monjas de toda España. Pidieron té y yemas de santa Teresa.

—Me voy de aquí —declaró la guía—. No me siento a gusto en la ciudad antigua desde la muerte de mi hermana. Aunque teníamos nuestras cosas, a mí me confortaba saber que no estaba lejos, su presencia y su emanación espiritual daban vida, desde mi punto de vista, a todo esto.

—Aún no me he hecho a la idea de que se ha suicidado. Y sigo sin comprender sus razones. ¿Fue un *burn out*? ¿Un exceso de trabajo que pudo con ella?

—Todos tenemos un secreto que nunca se va a desvelar. En el caso de Eva debemos conformarnos con la luz que proyectó su vida, hasta que pasó a convertirse en una carga insoportable para ella. El arrojo que lanzaba sobre los demás no tuvo capacidad de utilizarlo en beneficio propio. Y, mientras tanto, nosotros hemos de seguir intentando dar un buen contenido a la nuestra. Eso al menos es lo que me digo a mí misma estos días horribles.

—¿Y qué vas a hacer? —preguntó Balmoral.

—¿No te lo ha dicho Benita?

—No.

—Me ha ofrecido un empleo. Ella lleva tiempo trabajando con su padre, y la cadena Wilderness tiene un departamento importante de cooperación internacional. Quiere que me una a ellos.

—Una idea estupenda. Te sentará bien. Y te echaré de menos, mi investigación aquí aún no ha concluido.

—Víctor...

—¿Qué?

—¿Has pensado que los incidentes que se han sucedido pudieran responder a una causa justa?

—Constantemente. Nada es gratuito.

—Víctor...

—¿Qué?

—¿Crees que sería muy descabellado que dedicara un tiempo a intentar encontrar a mis padres, fuera quien fuera el que nos depositó a Eva y a mí en la puerta de la catedral de Barcelona?

—¿De verdad tú también quieres abrir ese camino, que puede estar lleno de espinas? Piénsatelo bien. A veces me planteo si no conviene en algún momento escapar del peso de la familia. Y de sus enigmas.

Por el camino llamó a Luis Hernán.

—¿Qué se te ofrece? —respondió con ampulosa ironía el vocal del Círculo.

—¿Cómo es que has ido al funeral con Irene Sallerich?

—Era amiga de Alejandro. Está separada desde hace muchos años y me da la impresión de que había tenido algo con él. *Inter nos*, ¿eh? Bach le asesoró en la liquidación del palacio. Ahora me parece que ella está un poco arrepentida de haberlo puesto en venta, en especial tras todo lo que ha ocurrido. Pero lo tenía a medias con su hermano, era carísimo de mantener... Ya sabes, los indivisos son una condena. Hemos hablado de ti. ¿Quieres que nos veamos? Se ha ido a hacer unos recados, pero nos encontramos en un rato.

—Perfecto.

—Pues quedamos en el bar del Círculo.

—No puedo, no llevo corbata...

Al final se reunieron en el hotel Mercer. Muy próximo a la Real Academia de Buenas Letras, ocupa una antigua mansión que esconde restos de la muralla romana de la ciudad. Fue restaurada por el arquitecto Rafael Moneo, quien respetó sus elementos distintivos, como el imponente atrio. Irene, que rondaba los sesenta años, lucía media melena y una cazadora de cuero de Louis Vuitton con cuello mao y maxicinturón con apliques metálicos que debía de costar más de cinco mil euros. Se la veía muy delgada, con el rostro afilado, ágil y en plena forma.

—Cuánto tiempo, Víctor —saludó.

—Sí, tú eras apenas adolescente cuando yo era amigo de tu hermana.

—Querrás decir *cuando tonteabas* con mi hermana.

Al periodista le cogió por sorpresa la observación.

—Bueno, no sé si llegamos a tanto.

—Sí, sí que llegasteis, Marta me lo contaba. Y por eso le dolió que desaparecieras del grupo sin explicaciones. No estuviste muy bien.

Hernán, inquieto por el giro de la conversación, se vio obligado a intervenir.

—Irene, a Víctor le interesaba hablar del palacio Sallerich.

—Sí, Luis, perdona un momento —le cortó Irene, seria—. Sé que lo que acabo de decirte es algo que ella te hubiera querido expresar en su día, pero su muerte lo impidió. Como tú y yo no nos hemos visto en estos años tampoco te he buscado para contártelo. Pero como el azar nos ha vuelto a reunir, te lo digo ahora.

Balmoral reflexionó antes de responder.

—No creo en el azar, las cosas pasan porque tienen que pasar, así que supongo que ese mensaje de tu hermana ya fallecida tenía que llegarme, y había de ser en este momento. Es verdad, me aparté de aquel grupo. La relación con tu hermana se estaba estrechando más de lo que me parecía adecuado y yo no quería engañarla ni comprometerme. Y conocí otra gente y otros ambientes que en aquel momento me interesaban más. Lo siento, debería haber sido más claro con ella, y quizás menos taxativo a la hora de distanciarme de aquel grupo de niños bien que se refugiaban en sus fiestas en palacios y en su vida regalada, y no eran conscientes de que la sociedad española estaba cambiando de forma vertiginosa.

Por primera vez, Irene Sallerich sonrió.

—Sí, ahí supongo que tienes razón, aquella época de juventud dorada no nos preparó para la vida real. Yo misma he caído después en dos matrimonios absurdos: con un marido tonto primero, y luego con otro despótico, sin haber tenido la capacidad de detectarlos ni de librarme rápidamente de ellos una vez cometido el error.

—Pero has tenido la suerte de contar con un patrimonio que te ha suavizado todos esos sinsabores, ¿no? —apuntó socarrón Luis Hernán.

—Sí, mi hermano y yo creamos un *family office* que, si te soy sincera, no funciona mal. Y sobre todo he contado con la voluntad de no dejarme apabullar. Mi gimnasio, mi cuidado del cuerpo, mis viajes, mis amigas, mi vida social me han salvado. —La asertividad aparente de Irene dejaba entrever un poso de amargura.

—A partir de los cincuenta hay tres cosas importantes: la primera, estar vivos. La segunda, gozar de buena salud. La tercera, apuntad lo que más os guste —sugirió Luis.

—Te quería preguntar por el palacio, Irene. ¿Por qué lo vendisteis?

—¿Sabes lo que cuesta mantener un edificio catalogado de esas características, especialmente si no lo habitas? Mi hermano y yo estábamos hartos de pagar sin ningún beneficio a cambio. Lo abrimos al turismo, organizamos rutas guiadas, pero aun así resultaba ruinoso. Se lo ofrecimos al Ayuntamiento a un precio razonable, pero no lo quisieron. Cuando hablamos con ese equipo tan izquierdoso de la alcaldesa actual nos miraron como si fuéramos marcianos, está claro que no apreciaban mucho a los dueños de un palacio, miembros de una familia noble con quinientos años de existencia documentada.

—Sí, me temo que este tipo de propuestas y de personajes les parecen elitistas.

—Ni tan sólo conseguimos que se conservara en bloque el mobiliario, una maravilla; ofrecimos al Museo de Arte de Cataluña por un precio muy razonable un salón que era en bloque del siglo XVIII. Ni nos contestaron.

—Y acabó en un anticuario de San Sebastián. También podríais haberlo cedido sin pedir contraprestación, seguro que alguna institución se hubiera interesado.

—¡Sí, hombre! ¿Y qué más?

—¿Qué puedes decirme de Severo Vitale?

—Pues que siempre iba muy sobrado, pero apareció

en el momento justo y pagó a tocateja. Y nos dijo que sería muy cuidadoso con el palacio de nuestros ancestros.

—¿No tenéis nada en su contra, entonces?

—Al revés. A su manera grosera nos solucionó impecablemente un grave problema y nos relevó de una considerable responsabilidad.

—La conservación del edificio. Que tu hermano y tú estabais hartos de asumir.

—¿Para qué? ¿Para que nadie nos lo agradeciera? Además, cada uno sirve para lo que sirve, los problemas del patrimonio histórico no son para mí.

—Dime una cosa... Esos huesos humanos que aparecieron durante las obras, ¿a quién pueden pertenecer?

Irene abrió mucho los ojos.

—Leí tus artículos y me ha llamado mucho la atención que nadie nos haya consultado. ¡Vaya periodismo y vaya investigadores!

—Gracias. O sea, que...

—En la familia siempre se dijo que allí había algo. Lo llamábamos «la cámara de la emparedada», y por la noche oíamos sus suspiros, o al menos creíamos oírlos. Era como el espectro familiar de la casa.

—¿Ninguno de los propietarios se tomó nunca la molestia de tirar la pared abajo para ver si era cierto?

—No, ¿para qué? En realidad, nos gustaba contar con un espíritu en el edificio, nos parecía distinguido.

—¿Y hubo alguna especulación sobre su identidad?

—Sí, claro, hay una leyenda. Un Sallerich del siglo XVI se habría casado, contra la voluntad familiar, con una joven campesina de sus posesiones de la Garrotxa que le había fascinado. La trajo a Barcelona, ella era muy lista además de muy bella, se cultivó, hizo vida social. En un festejo en el palacio vecino conoció a Luis de Requesens y Zúñiga, militar y diplomático, el catalán más distinguido y atractivo de su tiempo, lugarteniente de don Juan de Austria en la batalla de Lepanto. Pasó algo entre ellos y el marido Sallerich no pudo reaccionar de inmediato por miedo al poderoso Requesens. Pero cuando Luis marchó a Roma como embajador ante la Santa Sede, mi antepasado se vengó y la hizo emparedar viva.

—¡Impresionante! Sólo que... los huesos son de hace trescientos años, y Requesens vivió hace quinientos. Hay doscientos años de diferencia.

—Ese Luis, ¿era pariente de Isabel de Requesens, la retratada en Buenas Letras? —preguntó Hernán.

—Sus madres eran primas.

—Si la historia no es cierta me desmontas una leyenda familiar en la que he creído toda la vida —comentó Irene.

—Quizás lo básico es cierto, la aventura amorosa de una mujer casada y la respuesta homicida de su marido, pero tuvo otros protagonistas, nacidos mucho más tarde. La memoria de tu familia lo adornó con personajes ilustres como Requesens. En cualquier caso, parece factible que en el árbol genealógico de los Sallerich hubiera algún asesino.

—Qué simpático por tu parte decir esto, Víctor.

El periodista guardaba un as en la manga.

—Pero hay otra posibilidad. He estado estudiando el tema del emparedamiento. Desde mediados de la Edad Media hubo numerosos casos de mujeres que se emparedaron de forma voluntaria. Eran personas muy espirituales, solteras o viudas, que decidían aislarse radicalmente para poder dedicarse a Dios, el equivalente femenino a los anacoretas. Hacían construir unos habitáculos muy pequeños, una especie de nichos de dos o tres metros cuadrados, se quedaban dentro y lo hacían tapiar, dejando abiertas un par de ventanas. Los familiares o colaboradores les llevaban alimento y recogían sus desechos. Un ascetismo extremo. En algún momento estas mujeres fallecían y entonces las ventanas también quedaban cegadas. Y sus cuerpos permanecían allí para siempre. En ese caso, en la familia habríais tenido una santa.

Por parte de Irene ya no hubo respuesta.

El periodista paseó hasta la plaza de la Catedral, donde ya estaba instalada la feria navideña de Santa Llúcia. No era mediodía y había aún poca gente. Pasó un rato curioseando entre figuritas, estrellas y paisajes del belén; abetos de distinto formato; muestras de musgo y ramas de acebo; los repulsivos y escatológicos *caganers*; y después se presentó sin avisar en el cercano Museo Marès. En un día gris y desabrido hacía ya un frío insólito en la eternamente primaveral Barcelona. Lorenzo Luján tardó cerca de media hora en recibirle. Cojeaba de forma considerable.

—Usted dirá, Víctor.

—En las últimas semanas, y visto lo que ha estado ocurriendo por estas calles, he reflexionado mucho sobre la pasión por el coleccionismo. Y quería hablarle de una leyenda que quizás ya conozca.

—Adelante.

EL MISTERIO DEL LIBRERO ASESINO DE BARCELONA

—Empezaremos, señor Luján, hablando del autor de *Madame Bovary*. No se sorprenda, viene al caso —dijo el periodista sacando del bolsillo de la americana unos folios que fue consultando—. Y nos remontaremos a cuando era adolescente. Tras pasar un delicioso verano en Trouville, un Gustave Flaubert de catorce años se reincorpora a sus clases en el Collège Royal de Rouen. Allí, bajo la dirección de monsieur Gourgaud Dugazon, gusta de ejercitarse en la composición de narraciones sobre temas que el profesor le propone. Una de sus lecturas habituales es la de la *Gazette des Tribunaux*, donde se relataban asuntos curiosos más o menos relacionados con el juzgado. El 23 de octubre de 1836 aparece un texto titulado «Le Bibliomane ou le nouveau Cardillac». Un corresponsal anónimo relata desde Barcelona las andanzas del fraile «don Vincente», del convento de Poblet, desde su huida por la persecución religiosa hasta su condena a la pena de garrote.

—Buen tema para el joven Gustave.

—En efecto, tanto que lo desarrolló a su aire en un cuento titulado «Bibliomanía». «En una calle estrecha y sin sol de Barcelona —leyó Balmoral de un folio que había traído— vivía, hace poco tiempo, uno de esos hombres de frente pálida y ojos apagados y hundidos, uno de esos seres satánicos y extraños como los que Hoffmann desenterraba en sus sueños».

—Así ¿copió Flaubert el artículo de la *Gazette*?

—El jovencísimo escritor cambia el nombre y la profesión del protagonista, que aquí se llama Giacomo, el librero. Con treinta años «ya pasaba por viejo y gastado». «No tenía más que una idea, un amor, una pasión: los libros; y este amor, esta pasión, lo quemaban interiormente. [...] No era la ciencia lo que él amaba, era su forma y su expresión: amaba un libro porque era un libro, amaba su olor, su forma, su título [...], su vieja fecha ilegible, las letras góticas extravagantes y extrañas, los pesados dorados que cargaban sus dibujos, sus páginas cubiertas de polvo, cuyo perfume suave y tierno aspiraba con delicia».

—Una especie de doctor Fausto.

—En Barcelona pasaba por un hombre extraño e infernal, por un sabio o por un brujo. Y apenas sabía leer. Pero a Giacomo, que ha montado una librería, posiblemente en la calle Llibreteria, le duele muchísimo vender sus ejemplares buenos, tienen que obligarle. Y odia sobre todo a su rival, el librero Baptisto, de la plaza Real, que suele adelantársele y le arrebata tesoros, como una Biblia latina con comentarios griegos, el «primer texto publicado en España». Cuando la librería del competidor arde, y un cliente de ambos aparece muerto, las investigaciones de la policía llevan hasta el enloquecido Giacomo, que no se ha detenido ante el homicidio a la hora de satisfacer su bibliofilia.

—Una pasión muy delictiva.

—Fue condenado a muerte. Pero antes de que lo ahorcaran rompió a trocitos esa Biblia latina para que nadie pudiera disfrutar de ella.

—¿En serio?

—El estudioso barcelonés Ramon Miquel i Planas publicó en 1928 un libro imprescindible, *La llegenda del llibreter assassí de Barcelona*, donde atribuye al autor francés Charles Nodier la noticia de la *Gazette des Tribunaux*, que considera una simpática invención, y que gozó de amplia difusión a lo largo del siglo XIX de la mano de distintos narradores. Miquel i Planas apunta que el texto de Flaubert permaneció inédito hasta que en 1908, tras la muerte del novelista, el erudito alemán E. W. Fischer viajó a Francia para estudiar sus inéditos de juventud, que en 1910 publica el editor Conard. Pero en realidad «Bibliomanía» había visto la luz en la revista de Rouen *Le Colibri*, el 12 de febrero de 1837, según el biógrafo Herbert Lottman. La firma se limitó a una «F», por lo que «nadie se había interesado por el texto». En cualquier caso, la leyenda del librero asesino es ya un clásico y un referente insoslayable en la historia cultural de Barcelona.

Luján esperó un rato, como perplejo, antes de tomar la palabra.

—La historia es interesante, sin duda, y no la conocía. ¿Por qué me la cuenta?

—Me parece significativa de hasta qué extremo puede llevar la pasión por los objetos culturales. Algo que usted puede entender bien desde este despacho, al frente del legado del mayor coleccionista barcelonés, un hombre terco y obsesionado.

—¡Oiga, que Marès nunca mató a nadie!

—No pienso que lo hiciera, por supuesto, ¡ni mucho menos! Mi referencia ahora no es Marès, sino un experto en coleccionismo contemporáneo: usted. Y quiero plantearle una cuestión. En el barrio han aparecido los restos de una mujer emparedada; ha fallecido un promotor inmobiliario; hemos vivido una amenaza de bomba... y han desaparecido un par de objetos dignos de la colección más destacada. Así que debo preguntarle: ¿dónde cree que está la espada del condestable que se guardaba en el Museo de la Catedral? ¿Y el candelabro de siete brazos de la iglesia de Sant Jaume? ¿Dónde los ha escondido la persona que los sustrajo?

Lorenzo Luján se retrepó en la butaca, con un ademán de alivio.

—Creo que tiene que saber un par de cosas. ¿Cree usted en la amistad?

Al salir del museo, Víctor constató que empezaba a nevar y la gente se apresuraba por la calle. La ciudad no está acostumbrada a este fenómeno meteorológico y sus habitantes lo acogen entre inquietos e infantilizados por el carácter mágico que imprime la blanca precipitación. El Barrio Gótico se cubría de nieve y Balmoral caminaba feliz bajo los copos, atento a no resbalar.

En la Real Academia de Buenas Letras, dado el mal tiempo, los operarios de Medievalia estaban retirando un rosario de mesas y sillas dispuestas en el patio para un cóctel previsto aquella misma tarde. Balmoral encontró a Mariflor Juvellanchs revisando papeles. En el antiguo despacho de Martín de Riquer, situado en la torre romana, la presidenta daba rienda suelta a su agobio.

—La muerte de Vitale nos complica muchísimo la gestión de esta casa. Las condiciones que proponía eran magníficas, pero sin él son papel mojado. Ahora nos veremos obligados a volver a la indigencia.

—Mariflor, ¿no te parece mucha casualidad que el promotor falleciera cuando iba a emprender unas obras de tanto calado?

—Sí, claro, pero estas cosas son imprevisibles. La salud es lo que tiene, estamos en manos del Todopoderoso.

—¿Verdad que en esta academia hay unos armarios secretos? Arriba, donde se guarda nuestro monetario.

La colección de monedas, una de las más importantes del país, constituía un activo de cierta importancia que por prudencia habitualmente se ocultaba, excepto a las visitas interesadas en el asunto.

La presidenta esbozó un gesto de extrañeza.

—Sí, en el tercer piso. Pero nadie los usa. Sólo tenemos la llave el secretario y yo.

—¿Podemos subir a verlos?

De vuelta en el despacho, Mariflor resoplaba:

—No lo entiendo, no lo entiendo.

Víctor había depositado sobre la larga mesa de juntas la espada del condestable y el candelabro de la iglesia de Sant Jaume.

—¿Puedes llamar a la otra persona que tenía la llave?

Pocos minutos después, el secretario permanente Arcadi Flo observó demudado las dos piezas de arte.

—¿Qué hace esto aquí? —preguntó en tono casi inaudible.

—Lo sabemos todo, Arcadi, ahora sólo falta conocer el porqué.

—No te entiendo.

—Indujiste a Vitale a emborracharse y drogarse a sabiendas de que estaba enfermo del corazón. Llamaste al arzobispado con la amenaza de la bomba. Robaste la espada y el candelabro... ¿Qué más has hecho?

—Víctor, ¿estás loco? ¿Qué te has creído?

—Arcadi, los hechos hablan por sí solos.

Minutos más tarde, enfrentado a las miradas torvas de Mariflor y de Balmoral, el secretario pareció recobrar las energías.

—Sí, lo hice, ¿y qué? El Barrio Gótico es mi vida. A mi familia la obligaron a abandonar su vivienda hace más de cien años, cuando se abrió la Via Laietana; no eran propietarios y fueron a parar a las barracas de Montjuïc. Tardaron mucho en poder volver, no lo consiguieron hasta que mi abuelo encontró trabajo en una relojería de la zona, primero de aprendiz y luego ya de relojero. Ha costado mucho tiempo que pudiéramos reponernos y reintegrarnos en la vida ciudadana, el que yo pudiera estudiar en la universidad. Estas calles y estos edificios constituyen mi paisaje. Y mientras tanto algunos falseaban la historia para convertirlos en lo que nunca fueron, un parque temático para turistas.

—Algo que tú no podías soportar.

—¡Había que emprender una cruzada radical para restablecer lo auténtico! —exclamó con una expresión que a Víctor le pareció demenciada—. La historia de una ciudad es la acumulación de épocas, obras, reformas... Me solivianta la idea de rehacer toda un área urbana borrando lo que no nos interesa y maquillando lo que sí. Y además se trata de una historia con muchos momentos siniestros. ¿Sabes que una tía mía, que tenía diez años, murió en el bombardeo de la plaza de Sant Felip Neri? Había salido a jugar con unas amigas y las pilló la bomba italiana. Mi padre nunca se repuso de esa pérdida. La historia familiar resulta imborrable, vuelve una y otra vez, al menos para quienes tenemos la sensibilidad de registrarla.

—Una historia de agravios. La que repasabais una y otra vez con Luján.

—Sí, alguien con quien me he entendido bien. Una persona culta y sensible que tras algunos meses de familiarizarse con el ambiente estaba, al igual que yo, fascinado y a la vez horrorizado por los capítulos oscuros del Barrio Gótico. La prepotencia de Fernando el Católico, que le valió un atentado; las maquinaciones de su nieto Carlos, el llamado emperador, un colonialista sin escrúpulos, que utilizó la catedral, un lugar sagrado, para sus trapicheos de alta política fidelizando a los poderosos que podían ayudarle; el afán depredador de ese Marès que da nombre al museo. ¡Qué narración tan tenebrosa! Y sin embargo...

—Sin embargo...

—Qué trama tan interesante y llena de vida, desarrollada en caserones que hoy estarían semiderruidos y pasajes malolientes, turbias reliquias de una época que deberíamos haber conservado. Tampoco sabes, ¿verdad?, quiénes iban con Francesc Aragonès y sus hijos cuando vieron o creyeron ver al obispo Irurita junto a la catedral, al final de la guerra... Pues eran mi abuelo y mi padre. Ellos se quedaron con la última imagen del mitrado. Y eso fue sólo dos años después de la bomba de Sant Felip Neri que había roto la familia. Estas piedras han moldeado a los míos, sus misterios están en nuestra sangre. ¡El Barrio Gótico soy yo!

El énfasis le pareció ridículo al periodista, nervioso al constatar que la discusión, aun siendo decisiva, se alargaba y se ramificaba. Y él empezaba a sentir la urgencia de buscar un lavabo. Pero se repuso.

—¡Un psicópata es lo que eres! ¿La emparedada del Palacio Sallerich también era antepasada tuya?

—Qué bromista. Es parte de la historia negra que he heredado.

—¿Y tú no sabes que el rencor envenena?

—Lo que envenena es la prostitución intelectual. ¿Qué crees que he estado sintiendo todos estos años, teniendo que negociar con Medievalia sus cenas con armaduras para turistas como única forma de conseguir liquidez para esta casa? Por supuesto, nadie me ha agradecido los bochornos que he pasado. Vitale iba a añadir un hito más a esta siniestra tradición. Es verdad que él y yo nos emborrachamos y nos drogamos...

—Nunca lo hubiera dicho de ti...

—... pero yo no lo maté. Fue él quien cometió las imprudencias que condujeron a su muerte.

—¿Y la agresión a Luján?

—Lorenzo fue mi confidente, mi alma gemela. Pero se asustó cuando le expliqué el alcance de mis planes para devolverle la pureza al Barrio Gótico. Al principio se trataba sólo de boicotear las obras del Palacio Sallerich (¡no imaginábamos que iban a aparecer esos huesos!), dar un susto a los turistas de la catedral y hacer algún pequeño gesto reivindicativo, como apropiarnos de objetos simbólicos. Empezó a poner pegas; de él salió la idea de enviarte esas cartas ridículas para despertar tu atención y dar indicios de algunas de las iniciativas que habíamos comentado. Al principio no sabía que era él, ¡incluso la primera carta te la di yo mismo! Pero pronto até cabos.

—Y también hizo como que se enviaba una a sí mismo, y a mosén Bentanachs, para completar la farsa. Incluso se desplazó, cojeando, a deslizarme las últimas. Pero agredirle es un delito.

—Empujarle por las escaleras fue un toque para que no siguiera dándote pistas.

—No sirvió, ha acabado hablando.

—Es un débil... Otras desgracias que han ocurrido en la zona, como el suicidio de Eva, no tienen nada que ver conmigo.

—¿Y la agresión al retrato de Isabel de Requesens?

—Reconozco que me despaché a gusto con esa otra falsedad. No está muy claro que la modelo fuera Isabel. Y el cuadro es una copia. ¡Vivimos en el mundo de las copias, ya nada es original! ¡Y nos lo tragamos sin protestar! Ese retrato en la Real Academia de Buenas Letras representa la apoteosis de la impostura cultural en una institución consagrada al humanismo. ¡El imperio del *fake*!

—¿Por qué robaste la espada y el candelabro?

—Se trata de símbolos que sus propietarios no han sabido poner en valor. En mis manos representan lo más genuino de estos lugares.

—Bien, es el momento de ponerte a ti en manos de la policía —manifestó muy serio Balmoral.

—Olvídate. Ni Bentanachs ni las hermanitas denunciaron la desaparición, y no lo harán ahora porque no tienen el menor interés en provocar un escándalo.

—¿Y la muerte de Vitale? ¿Y la amenaza de bomba en la catedral?

—Ridículo. Son denuncias que ya sabes que no tienen recorrido.

—No es eso lo que me parece a mí...

Intervino Mariflor:

—Bien, Arcadi, sea como sea, tus días aquí han terminado. Y la restauración del cuadro, paguen o no los japoneses, vamos a cobrártela hasta el último céntimo.

El secretario se revolvió.

—Tú sabrás. Y a ver cómo te las apañas con la financiación de esta casa, dada tu incapacidad para cualquier asunto práctico. Dentro de unos años no quedará huella de la Real Academia de Buenas Letras.

—Eso ya lo veremos.

—La policía —anunció Víctor— está en camino. La alcaldesa, a quien he explicado todo lo que ocurría, la ha movilizado. Y yo tengo que ir al baño.

La nieve no cuajó y Barcelona recuperó rápidamente su ritmo habitual. El efecto mágico se diluía en el gran dibujo de la ciudad turística y atareada.

Habían quedado de nuevo en el Círculo del Liceo y otra vez Benita se retrasó un poco. Mientras esperaba, Víctor se topó con Lola Montbuí, la *socialite*; la buena educación le impidió frenarse y lanzó la pregunta de la muerte:

—¿Cómo estás?

—Pues mira, estupendamente. Justo hace unos días me encontré en Puigcerdà a Mon, ya sabes, el primo de Carlos, que es cuñado de Chitina. Por cierto, Chitina se acaba de separar de Marcos, que trabajaba con Antón. Nosotros somos muy amigos de su hermana Bernardina, en cambio, su marido, Ricardo, que tenía la representación de Fred Perry, es insoportable...

Cuando por fin apareció Benita, y Víctor pudo liberarse, le pidió que esta vez le enseñara la Rotonda de Ramon Casas.

El pintor catalán decoró a principios del siglo pasado ese espacio circular con doce cuadros de gran formato que representan situaciones musicales protagonizadas por mujeres: la ópera, el *café-concert*, la música religiosa, las sardanas, las rondallas populares. Con su pincelada suelta, su sentido cromático y su percepción moderna de la belleza, consiguió un conjunto pictórico que siempre deja embobado al visitante.

—Y esta pintura donde aparece una mujer conduciendo un coche, ¿qué relación tiene con la música? —preguntó Benita.

—Va a un concierto, al teatro que se ve esbozado al fondo. Pero la clave del cuadro son los faros del coche, que nos deslumbran y nos plantan en plena modernidad de los inicios del siglo XX. Por cierto, ¿para qué querías verme?

—Tenemos algo que decirte. —Benita tecleó en el móvil.

Otra persona entró sigilosamente en la Rotonda. Su madre, Regina, se había arreglado: un vestido azul ajustado con cinturón, zapatos acharolados. Cabello modelado y reluciente, sin duda había pasado por la peluquería. Estaba muy atractiva.

—Hola —saludó.

—Caramba. Madre e hija. Qué grata sorpresa.

—Queremos darte las gracias. Por tus buenos oficios nos hemos reencontrado —dijo Regina.

—Y estamos empezando a conocernos —apuntó la hija.

—Sé que he sido muy culpable. Tenía que purgar mis pecados —añadió la madre.

—Pero ¡no para siempre! —corrigió Benita.

—Has sido muy generosa dándome esta oportunidad, que no me hubiera atrevido a pedir.

Víctor buscó un hueco para intervenir.

—Las dos os estabais buscando desde hace mucho, Benita abiertamente, Regina de forma subrepticia. De otro modo no hubiera dejado las pistas que os han llevado la una hacia la otra. El corazón es sabio. Regina, ¿qué vas a hacer ahora?

—Me siento un poco como uno de aquellos meditadores de inicios del cristianismo que dedicaban varios años a cavilar en el desierto, «estilitas» se llamaban. El mío ha sido un desierto cómodo y moderno en el área metropolitana de Barcelona, pero desierto espiritual al fin. Antes de recorrer los malos caminos yo era una persona con inquietud y curiosidad por las cosas. Es esa inquietud lo que quiero recuperar.

—Y yo quiero vivir por fin una relación entre madre e hija, con sus alegrías y sus conflictos. Pero sobre todo con su normalidad.

—¿Os dais cuenta? —preguntó Víctor—. Tenéis las mismas letras, y en el mismo orden, en vuestros nombres: «E», «I», «A».

—Yo elegí el suyo —señaló Regina.

—Posiblemente por lo que se llama «el efecto letra de nombre», lo han estudiado algunos psicólogos, tendemos a preferir las que están en el nuestro.

—Quizás. A mí me sonaba melódico y, en efecto, me recordaba al mío, y pensé que así podíamos reforzar nuestro vínculo.

—Y lo hiciste, Regina, lo hiciste.

Madre e hija se cogieron del brazo.

—Benita...

—¿Qué?

—Ese ingreso en mi cuenta de sesenta mil euros es una barbaridad. No salgo tan caro.

—¿Por localizar a la autora de mis días? ¿Nada menos que eso? Es una ganga.

Desde el sofá de la galería, Víctor Balmoral miraba la calle con sus pensamientos en otro lugar. En el ordenador, abierto sobre la mesa cercana, un artículo esperaba conclusión. De pronto se presentó a su lado Tomàs Riquelme.

—Caso cerrado —dijo el fantasma.

—Temas concluidos. La búsqueda de Regina y los misterios del Barrio Gótico. ¿Tú qué opinas, Tomàs?

—¿De qué?

—¿Tiene sentido monumentalizar una zona como la que rodea a la catedral al precio de desnaturalizarla?

—¿Te gusta pasear por Venecia? Es una monumentalidad preservada un tanto artificialmente, pero ¡qué bella! ¿Y por el Dom de Frankfurt? Fue reconstruido por completo tras los bombardeos de la Segunda Guerra Mundial, y sin embargo desprende un aroma medieval innegable. Si no te lo dicen, no te enteras. Nuestra sensibilidad y nuestra fantasía, nuestro espíritu europeo, necesitan lugares como éste, donde el tiempo parece detenido.

—Pensaba que eras más radical y más auténtico.

—Y lo soy. Pero también un romántico. Y el peso del pasado, ay, me sugestiona y me mantiene vivo. Me admira el trabajo de los arquitectos e historiadores que han hecho posible su permanencia.

—¿No eran unos *falsarios gentrificadores*? —se regodeó Víctor.

—En el caso barcelonés no se trató de una gentrificación, sino de la labor titánica de un grupo de hombres que, movidos por el amor a la ciudad y al pasado, asumieron la ingente tarea de la reconstrucción. Al contrario que Arcadi, creo que necesitamos contar con la ilusión de que ese pasado nos rodea tal como lo vivieron nuestros antepasados en su mejor momento. Cuando Carlos I reunía el Toisón de Oro, cuando Rafael pintaba a Isabel de Requesens...

—También un pasado negro y lleno de violencia.

—Sí. El escenario del intento de magnicidio de Fernando el Católico, y de la cruel tortura de su agresor; de las andanzas del librero asesino; de la resistencia de Marès a la barbarie iconoclasta, y, en la misma época, del bombardeo de inocentes en la plaza de Sant Felip Neri, de...

—De la desaparición del obispo Irurita —recalcó Víctor—. Atrocidades revolucionarias, atrocidades fascistas. De ambas se nutrieron los años de la guerra.

—Claro, también de las muchas incógnitas que quizás nunca se lleguen a resolver. ¿Fue fusilado el religioso o escapó, quizás amnésico, quizás decidido a emprender una nueva vida? ¿O se convirtió, como yo mismo, en un fantasma, según apuntaba Bentanachs?

—¿Quién emparedó a la mujer del Palacio Sallerich? ¿Y quién era ella? ¿Tal vez se enclaustró por decisión propia?

—Y lo más importante, ¿por qué se suicidó Eva, que llenaba de luz el barrio? ¿Quién lo sabe? ¿Quién puede saberlo?

—¿Qué sabemos del ayer? ¿Qué sabemos de nosotros mismos? —se preguntó Balmoral retóricamente.

—Quizás deberías reflexionar sobre qué te ha aportado esta investigación acerca de tu propia personalidad. Cómo han retornado a tu vida los paisajes góticos de tu padre, las amistades juveniles de las que decidiste apartarte, las figuras de tu época universitaria, los ambientes que tú y yo frecuentamos, los hilos de tu vida que han ido quedando pendientes, la necesidad de mantenerte activo en el diario, tu espiritualidad o falta de ella... En su conjunto parecen notas secundarias del camino que has andado últimamente, pero puede que no lo sean tanto.

¿Había aprendido algo sobre sí mismo?, se preguntó Víctor. Tal vez sí, pero no se veía capaz de concretar qué era. En cualquier caso, habían sido unas semanas muy activas, y ahora tocaba un periodo de relajo.

Se iba haciendo de noche y Tomàs Riquelme se desvaneció. Balmoral aún se quedó un buen rato en la galería, observando la calle embobado. Recordando y recapacitando tal como su amigo le sugería.

Y, después, también, celebrando el presente: «*Senza fine [...]. Non hai ieri, non hai domani, tutto è ormai*». Porque no convenía abandonarse demasiado a la nostalgia; la vida estaba ahí, a sus pies, en la ciudad centelleante, reclamando su atención y su actividad.

Lástima que la nieve hubiera desaparecido tan pronto.

Al día siguiente acabaría el artículo. Y pediría hora al urólogo, con determinación.

También llamaría a la alcaldesa y la invitaría a cenar.

ALGUNAS REFERENCIAS

En la investigación que antecede a estas líneas, Víctor Balmoral necesitó documentarse con una amplia bibliografía que localizó en la biblioteca de la Real Academia de Buenas Letras y en las de otras instituciones de la zona.

Para la historia general de Barcelona, sobre la que hay muchísimo publicado, Balmoral disfrutó en especial de *Barcelona. Imatge i història d'una ciutat*, de Rafael Tasis (Rafael Dalmau editor, 1961). Ya en concreto sobre el entorno de la catedral, recurrió antes que nada a *El Barrio Gótico de Barcelona*, de Agustín Durán Sanpere (Aymá, 1952) y a *Nombre, extensión y política del «Barrio Gótico»*, de Adolfo Florensa Ferrer (Ayuntamiento de Barcelona, 1958).

También utilizó la obra de Francesch Carreras y Candi, *La Via Layetana* (Ajuntament Constitucional de Barcelona, 1913); *Barcelona gótica*, de Raimon Arola, Victoria Cirlot y Pere Vivas (Triangle, 2014); *El Barrio Gótico de Barcelona. Planificación del pasado e imagen de marca*, de Agustín Cócola Gant (segunda edición corregida, Ediciones Madroño, 2014), y *Arxiu de la Corona d'Aragó: set segles* (catálogo de la exposición en el Palau del Lloctinent, 2018).

Muy iluminadores son los numerosos artículos publicados por Juan Bassegoda Nonell en *La Vanguardia* (1968-1980).

Sobre el Palacio Real Mayor le fue útil *El Palacio Real Mayor de Barcelona en la época de Martín el Humano,* de Anna Maria Adroer Tasis, resumen de la tesis doctoral (Facultad de Letras, Universidad Autónoma de Barcelona, 1975), y sobre todo *Pedra i poder. El Palau Major de Barcelona,* de Ramon J. Pujades i Bataller (MUHBA, Ajuntament de Barcelona, 2023).

Para el contexto histórico de la Baja Edad Media barcelonesa Balmoral leyó con provecho *Cataluña a mediados del siglo XV,* de Jaime Vicens Vives (Real Academia de Buenas Letras de Barcelona, 1956). Y para el atentado al rey Fernando, Martín y Borja de Riquer (ed.): *Reportajes de la historia* (Acantilado, 2010). También: «Fernando el Católico ante la muerte», de Teresa Jiménez Calvente, *Anuario de historia de la Iglesia,* n.º 26, 2017.

Sobre la época de Fernando el Católico y Carlos I, *Pere Miquel Carbonell i el seu temps* (1434-1517), de Alejandra Guzmán, Xavier Espluga y Maria Ahn (eds.) (Reial Acadèmia de Bones Lletres, 2016); *Cartas del emperador Carlos I a la ciudad de Barcelona,* editado por Pedro Voltes Bou (Universidad de Barcelona, 1958) y, del mismo autor, *El archiduque Carlos de Austria, rey de los catalanes* (Aedos, 1952).

Acerca de la virreina napolitana, *Isabel de Requesens: retrat d'una dama,* de Michael P. Fritz y José Enrique Ruiz-Domènec, constituye la mejor introducción a dicha obra de arte (Reial Acadèmia de Bones Lletres, 2004). Sobre el Palacio Requesens de Barcelona, *El Palau de l'humanis-*

me, edición de Sergio Vila-Sanjuán (Reial Acadèmia de Bones Lletres/Comanegra, 2017).

En torno a la generación que creó el Barrio Gótico, *Agustí Duran i Sanpere. Temps i memòria*, de Josep Maria Muñoz Pujol (Proa, 2004) y, muy especialmente, *El mundo fascinante del coleccionismo y de las antigüedades. Memorias de la vida de un coleccionista*, de Frederic Marès Deulovol (Museo Marès, 2006).

A propósito del Toisón de Oro: Joan Ainaud de Lasarte, *El Toisó d'Or a Barcelona* (Aymá, 1949), y Pere Molas, *El Capítol del Toisó d'Or a la Catedral de Barcelona* (Publicaciones de la Catedral de Barcelona, 2019). También «Arte y simbología en el capítulo barcelonés de la Orden del Toisón de Oro», de Rafael Domínguez Casas, <https://www.cervantesvirtual.com/nd/ark:/59851/bmcr78b1>. Sobre Germana de Foix, la novela de Carmen Güell *Jaque a la reina muerta* (La Esfera de los Libros, 2010). Sobre el emparedamiento, el artículo de Isabel Gómez Melenchón «Las reclusas medievales: confinadas para ayudar», en *Cultura/s* de *La Vanguardia*, 17 de abril de 2020.

Del obispo Irurita se encuentra abundante información en la hemeroteca de *La Vanguardia* (años 1939-1944), y sobre todo en los artículos de Josep Playà Masset (2000-2021). También en *El misteri de l'assassinat del bisbe de Barcelona*, de Ponç Feliu y Miquel Mir (Pòrtic, 2012). Su relación con Ezkioga la documenta William A. Christian en *El reino de Cristo en la Segunda República* (Ariel, 2002).

El libro de David Le Breton *Desaparecer de sí* está publicado por Siruela (2016). Los comentarios de Nuccio Ordine sobre la amistad aparecen en *George Steiner, el huésped incómodo* (Acantilado, 2023).

AGRADECIMIENTOS

A Mey, siempre, por todo y por tanto, en la vida y en cada uno de mis libros. De nuevo, en éste, su generosa colaboración y su firme apoyo han resultado fundamentales.

A mis hijos Leticia, Sofía —a quien consulté cuestiones médicas—, Víctor y Nicolás —que me ayudó con sus habilidades informáticas.

A José Enrique Ruiz-Domènec, querido maestro, que hace muchos años me enseñó a amar la Edad Media y ahora me ha ayudado a precisar el dibujo del Barrio Gótico.

A los miembros de la Real Academia de Buenas Letras, de quienes tanto he aprendido y aprendo.

A mis compañeros de *La Vanguardia*, que brindan el mejor entorno para un periodista cultural.

A Toni Muñoz y Almudena Blasco, que me aclararon cuestiones relevantes para la trama.

NOTA

Todos los personajes de esta novela —salvo las figuras históricas— son ficticios, incluidos aquellos que ocupan cargos en instituciones que existen en el mundo real. El autor se ha permitido algunas licencias modificando localizaciones y accesos en beneficio de la línea argumental.